Auf dem Weg zum Singlehandicap

Anekdoten, Beobachtungen und
Wahrheiten über das Golfspiel

Ulf Bogy

Inhalt

- Golf. Welch ein Luxus.
- Der Start. Ein neuer Lehrer.
- Die Range. Kein Gelände für Rover.
- Das Grün. Die grünste aller Wiesen.
- Der Schwung. (Selbst-)Erkenntnis.
- Der Putt. Zwischen den Ohren.
- Die Regeln. Das Rating.
- Der Golfgott. Die Hölle auf Erden.
- Hindernisse und Hemmnisse.
- Das Clubhaus. Hort des Golferlateins.
- Golfers Chef. Willkommen im Clubrestaurant.
- Die Golfer. Eine Klassengesellschaft.
- Single-Handicapper. Und die, die es werden wollen.
- Herrengolfer. Die Herren Golfer.
- Mid-Amateure. Immer mitten drin.
- Senioren und Seniorinnen. Jeder Schlag zählt.
- Damen. Auch Golfladies genannt.
- Freizeitgolfer. Spaziergänger. Hundeführer
- Nachwuchs. Generation Golf.
- Professionals. Die Könner.
- Captains. Gut dass es sie gibt.
- Andere Charaktere. Die Vielfalt der Schöpfung.
- Präsidenten und andere Funktionäre.
- Golfers Glück. Natur und Siege.
- Die Wette. Die Auflösung.
- Zum Schluss.

Golf. Welch ein Luxus.

"Das Vorurteil ist das Kind der Unwissenheit"[1]

Luxuriöses Ambiente. Der Duft schöner Frauen oder aromatischer Havannas. Eine Ansammlung schöner Menschen mit guten Manieren und viel Geld und noch mehr Einfluss. Wunderschöne italienische, englische und deutsche Automobile. Elegante Bewegungen. Kein Schweiß. Keine Tränen. Spaziergang im sattesten aller vorstellbaren Grüns. Etikette. Klare Regeln. Fairness. Edle Geister. So stellte ich mir das damals vor. Als ich mich entschied ein neues Hobby zu suchen.

Heute muss ich bedauerlicherweise feststellen, dass eigentlich keines dieser Vorurteile richtig ist. In der Summe schon gar nicht. Das Schlimmste ist allerdings: Havannas raucht heutzutage kaum ein Mann mehr. Weil Rauchen ja der Gesundheit schadet. Nach unseren Recherchen wird selbst in solchen Vereinen, die durch die zuweilen ortsansässige Zigarettenindustrie ab und an gesponsert werden und dem man einige Mitglieder verdankt, wird kaum geraucht. Dabei ist erwiesen, dass in Havanna die

---

[1] *William Hazlitt, englischer Essayist und Schriftsteller*

Menschen genauso alt werden wie in deutschen Golfclubs.

Zu all den anderen Vorurteilen nehme ich bereits hier gerne schon einmal kurz Stellung bevor es zu den wirklich wichtigen Themen auf dem Weg zum Single Handicap geht. Wenn sie das interessiert und sie damit bereits einen wichtigen Schritt der Erkenntnis und auf dem Weg zum einstelligen Handicap hinter sich bringen wollen, lesen sie jetzt einfach weiter. Vermutlich tun sie das am Abend im Bett oder nach einem anstrengenden Arbeitstag, nach einer nervigen Autofahrt im Dauerstau. Oder nach einer desaströsen, monströsen oder glamourösen Golfrunde. Dann kommen sie vielleicht nicht weit. Dann geht es Ihnen wie mir und die Müdigkeit übermannt sie. Aus diesem Grunde sind die Anekdoten übersichtlich und kurz gehalten. Ich verspreche ihnen, dass sie an der einen oder anderen Stelle ihren Spaß haben werden.

Nun zunächst einmal zu den ganz groben Vorurteilen, die dieses Sportspiel umwehen. Wie etwa: Golf sei eine Luxussportart. Luxus wird landläufig in etwa folgendermaßen definiert: „es wird verschwendet, man findet üppige Fruchtbarkeit vor". Gemessen an den satten Grüns und wunderbar kultivierter Natur ist der Luxusbegriff zunächst einmal zutreffend. Luxuriöse Ambiente der üppigen Art finden sich natürlich auch hier und da auf den Golfanlagen dieser Welt. Man findet tatsächlich Verhaltensweisen,

Aufwendungen oder Ausstattungen, welche das übliche Maß, also den üblichen Lebensstandard einer Gesellschaft übertreffen bzw. über das in dieser Gesellschaft als notwendig oder sinnvoll erachtete Maß hinausgehen. Luxus dieser Art fasst damit Phänomene zusammen, die für einen großen Teil der so genannten Bezugsgruppe als erstrebenswert gelten. Deshalb ist ihr Tauschwert oft erheblich, das heißt der Preis für ihren Erwerb ist hoch und deshalb sind Eintrittsgebühren in die Golfgesellschaft, sprich in einen seriösen Club, meist nur auf der Grundlage einer entsprechenden Ausstattung mit Einfluss oder Geld erwerblich. Vorwiegend in von Vegetation, Klima und Kapital bevorzugten Gegenden. Meine Heimat Oberfranken gehört nicht dazu.

Deshalb hier nun einige Beispiele von wirklich luxuriösen und damit einhergehend besonders hochpreisigen Anlagen in bevorzugten Gegenden: Die Spitzenreiter der internationalen Beitragsrangliste finden sich vor allem in den USA. In dem Land, über dessen nächsten und alle weiteren ihm nachfolgenden Präsidenten allzeit die besten Werbekampagnen entscheiden. The Liberty National, Jack Nicklaus´ the Bearclub oder the Trump National bei Los Angeles glänzen mit Heli Ports, Yacht Services mehreren Restaurants, mindestens 36 Löchern und Jahresbeiträgen zwischen 150.000 und 250.000 US$. Ich wollte immer einmal in Pebble Beach spielen, aber dort ist es eigentlich viel zu preiswert und man kann damit schon gar nicht mehr so richtig angeben.

Luxuriöse Abschläge gibt es eigentlich fast in jedem Land dieser Welt. Sogar im notleidenden England mit dem Wentworth Golf Club zu 245.000 Euro per anno. Die altehrwürdigen Clubs von St. Andrews oder Troon müssen wir natürlich der allein der Etikette halber erwähnen. Dagegen nehmen sich die deutschen Schönheiten von Budersand/Sylt, Hamburg Falkenstein, Köln Golf Club bis Sankt Leon Rot oder Solitude nebst ihren teuren Brüdern und Schwestern im 17. Bundesland Mallorca schon ziemlich bodenständig aus. Was wir mit dieser Aufzählung - und sei sie noch so unvollständig - sagen wollen ist, dass wirklich luxuriöse Anlagen eher selten sind und in der Regel für den normal Sterblichen ziemlich schlecht zugänglich. Clubmitgliedschaften bei aller Sehnsucht unvorstellbar. Man wäre schon froh einmal im Leben eine volle Runde dort spielen zu dürfen. Hier sogar gern eine präsidiale 122, damit sich das Greenfee auch wirklich lohnt. Eine so schöne 122 wie sie sich mein geliebter Golfclub-Präsident, ein ausgesprochen guter Schauspieler, ein absoluter Golfoptimist und der nächste Aspirant auf den Titel „Golfpresident of the Year" im Jahr 2016 auf eigener Anlage gegönnt hatte. Insofern müsste für Clubmitglieder solcher wie oben beschriebener luxuriöser Anlagen ein neuer Gattungsbegriff erfunden werden. Loftiers? Noblers? Richies? Show-Offer?

Aber handelt es sich beim durchschnittlichen deutschsprachigen Golfvergnügen in D-A-CH-Malle-Türkei und so fort eigentlich um Verschwendung oder „üppige Fruchtbarkeit", so wie Luxus gerne definiert wird oder bei den oben erwähnten Anlagen zu erahnen ist? Wohl eher selten.

Einmal ganz abgesehen davon, dass Frauen sowieso die schönste Gabe Gottes dieser Schöpfung sind - solange sie nicht in Gestalt von Angelas regieren - sind wirklich schöne Frauen doch selten anzutreffen auf dieser noch schönen Welt. Ebenso wenig wie wirklich gut aussehende Männer. Auch in den Golfclubs kann man von einer gewissen Normalverteilung der Schönheit ausgehen. Aber dennoch: wir können sehr viele Damen finden, deren innere Schönheit wir nicht unterschätzen sollten.

Gute Manieren finden sich manchmal. Das Essen mit Messer und Gabel sowie das Zuprosten gelingen ganz gut. Allerdings kann man nicht nur beim e-mail Verkehr mit einigen Golffreunden bereits feststellen, dass die Grundregeln der Etikette, der Rechtsschreibung und der Höflichkeit in gleichem Maße gelitten haben wie der Stand unseres Bildungssystems.

Automobile? Das hört sich noch ziemlich vornehm an. So wie Etikette. Genauso selten wie die wirklich Luxuriösen Clubs finden wir wirklich luxuriöse oder besonders imposante oder individuelle Fahrzeuge auf den Parkplätzen der Golfnation. Nicht nur weil die wirklich exklusiven Fahrzeuge der Marken Bugatti, Ferrari oder Lamborghini nach wie vor keinen golftauglichen Stauraum bieten, muss man feststellen: Keine Besonderheiten auf den Parkplätzen. Kaum Stars. Ein paar Sternchen. Und auch hier fährt man flott mit Japanschrott. Oder Volkswagen jeder Art.

Elegante Bewegungen. Kein Schweiß. Keine Tränen. Nichts von dem ist wahr. Die angestrengten Versuche in fortgeschrittenen Alter einen schönen Schwung zu produzieren und gleichzeitig das Grün in angemessener Weise mit wenigen Schlägen – am besten „in regulation" - zu erreichen erfordert entweder ganz viel Übungs-Schweiß oder endet in Tränen. Die paar jungen Dinger, die das locker hin schwingen, hin chippen oder reinputten trösten uns alte, verbrauchte Golfer auch nicht immer über unseren Schweiß und unseren Schmerz hinweg. Ein Spaziergang im sattesten aller vorstellbaren Grüns ist heutzutage auch mehr ein Versprechen als ein Erlebnis. In trockenen Regionen ist der Wasserpreis ein Hindernis für allzeit grüne Grüns. Dort dagegen wo der Klimawandel unbarmherzig zuschlägt grünt es grün solange bis der Regen Fäulnispilze treibt und das Grün erstirbt.

Etikette? Klare Regeln? Fairness? Etikette, gute Umgangsformen, also Dinge wie Achtung, Anstand, Benehmen, Betragen, Ehrlichkeit, Fairness, Höflichkeit, Manieren, Schliff, Ton, Transparenz, Verbindlichkeit, Zuverlässigkeit, die die Gesamtheit der Verhaltensweisen und -regeln, die dazu dienen sollen, Golfers Zusammenleben möglichst reibungslos und angenehm zu machen sind auch nicht mehr das, was sie mal waren. Leider. Wohl daher kommt es auch hier und da und immer öfter zu sogenannten Wunschflights. Nach dem Motto: „Mit den Schmuddelkindern spiel ich nicht. Oder gerade deswegen".

Womit ich schließlich bei den edlen Geistern ankomme. Wenn sie mehr als drei der vorgenannten Dinge in Kombination erwarten, dann suchen sie also bitte woanders.

Trotzdem bleibt Golf ein geiles Spiel. Mit diesen ganzen unnachahmlichen Typen da draußen auf den Weiten der Plätze. Bei Wind und Wetter. Mit diesen Wahrheiten auf dem Platz und im Clubhaus.

Davon werde ich jetzt erzählen.

Der Start. Ein neuer Lehrer

„Golflehrer sind Diplomaten. Kritik klingt bei ihnen zum Beispiel so: "Soweit so gut. Nur ein Fehler noch: Sie stehen nach dem Schlag zu nahe am Ball." (Golfweisheit)

Früher, also etwa in den Zeiten der absoluten Unfreiheit vor 1968 gab es für die allermeisten von uns den Herrn Übungsleiter, den Herrn Lehrer oder hier und da sogar schon einen Trainer. Besonders die beiden Letztgenannten waren entweder mit einer großen Portion Fachwissen ausgestattet oder mit viel Erfahrung. Sie waren in der Regel viel älter als ich oder meine Freunde und Begleiter. Wir zollten ihnen noch so etwas wie Respekt. Ich erinnere mich an Einige von ihnen. Zum Beispiel an die unvergessenen Übungsleiter der deutschen Fußballnationalmannschaften der 50er, 60er und 70er Jahre Sepp Herberger und Helmut Schön. Den in Ruderkreisen unvergessenen Achterprofessor von Ratzeburg Karl Adam, den unglaublichen Magier und Handballweltmeistertrainer Vlado Stenzel oder den Boris-Becker-Schleifer Günther Bosch genauso wie an Steffi Grafs Vater Peter. An meine Übungsleiter Grabowski, Finke oder Helmich. Oder zuletzt noch solche Meistermacher dieser Übungsleiterart wie Jupp Heynckes oder van Gaal. Rechte Zuchtmeister allesamt. Eine aussterbende Spezies.

Bereits die Bezeichnung Trainer ist ja einer der ersten erfolgreichen Versuche die deutsche Sprache im Globalisierungszeitalter zurückzudrängen. Der Trainerbegriff hat sich inzwischen flächen- und klassenüberdeckend durchgesetzt. Insbesondere im Fußball. Dort wird er sogar evolutionär weiter getrieben zu solchen Gattungsbegriffen wie Coach oder Teamchef. Das hörte sich in Zeiten grandioser Bildungs- und Sozialreformen vor dem Hintergrund der unausweichlichen Globalisierung auch für mich schon viel fortschrittlicher und professioneller an als „Übungsleiter". So fand ich, als es mich Anfang der 80er Jahre auf der Suche nach einem Freizeitvergnügen unter freiem Himmel trieb, auch gar nichts dabei von einem englischen „Pro" namens George in Empfang genommen zu werden, der mir in gebrochenem Deutsch die Vorzüge dieses bis dato für mich ziemlich unbekannten Spiels versuchte zu erklären. Seine Begeisterung für das was sein Beruf, besser gesagt seine Berufung, ist sprang auf mich über als er mir erlaubte, die scheinbar gar nicht vorhandenen Grashalme eines Putting-Greens zu streicheln und er mir dann endlich erklärte, dass das Golfen bezüglich der technischen Anforderungen meinen bisherigen Sportarten wie Rudern, Tennisspielen oder Turnen doch ziemlich überlegen sei. Meine Stabhochspringerei würdigte er vornehm mit den Worten Arnold Palmers:

„Golf erfordert mehr mentale Stärke, mehr Konzentration und mehr Entschlossenheit als jeder andere Sport."

Aha dachte ich. Der spinnt der Engländer. Dieser Pro. Und wer ist eigentlich Arnold Palmer? Ich ging noch viele Male zu ihm hin. Zu George. Es war in den Zeiten vor der sogenannten Bologna Reform. Vor dem Euro, aber trotzdem schon in Europa. Wir unterhielten uns irgendwann auch in seiner Sprache. Wir hatten Spaß. Und ich spiele heute noch und gehe ab und zu einem seiner Kollegen. Rudern und Stabhochsprung habe ich dagegen schon lange aufgegeben. Offen gestanden auch deshalb weil diese beiden schönen Sportarten mit dem Alter aufgrund der Anforderungen an Kondition, Koordination und Kraft Dich irgendwann lehren, dass Du alt wirst. Beim Golfen lässt sich dieser schleichende Abbau sämtlicher Körperfunktionen in den meisten Fällen ziemlich weit hinausschieben. Ich persönlich kenne zumindest mehr achtzigjährige Golfer als achtzigjährige Stabhochspringer oder Ruderer. Und manchmal spielen die sogar noch eine 72. Für alle Nichtgolfer hier heißt das: diese alten Kerle oder alten Weiber bezwingen den Platz. Zwar nicht mehr einen Dreitausender aber immerhin den Platz. Der manchmal länger ist als man denkt.

Auch heute noch ist für mich ganz klar: Ein Pro ist etwas ganz Besonderes. Nämlich nichts anderes als ein Besessener. Ein Liebender. Ein Professioneller. Einer der auch weiss wie es geht mit einer 72 oder sogar weniger. Und zwar auf jedem Platz. Nicht nur in seinem eigenen Golfgarten. Einer der weit gereist ist und mit dem seltsamen Spiel hin wieder ein paar Dollar, Pfund oder Euros gewonnen hat. Mit ihm werde mich ich später noch einmal auseinandersetzen.

Die Range. Kein Gelände für Rover.

"Es gibt verschiedene Wege sein Handicap zu verbessern: Stunden nehmen, mehr üben oder schummeln." [2]

Eines der ersten Erlebnisse mit dem Golfspiel hatte ich damals als kommender Golfer auf der Driving Range. Ich dachte hier würde man das Golfcarfahren lernen. Aber weit gefehlt. Hier brachte mir der nette Pro die Grundzüge des Golf-Schwunges bei. Erklärte mir warum ich so und so viele Schläger in meinem Bag haben sollte, was die alles können von Push zu Pull, Draw zu Fade, sogar Hooks und Slices sowie Backspins und verkaufte mir sogleich einen schönen Satz.

Es wurden zahlreiche Schnupperstunden. Es soll ja derart begnadete Golfer wie meinen Freund und Lieblingspräsidenten Peer Haraldsen geben, die nach dem Erreichen der Platzreife eine Driving-Range nie wieder gesehen haben. Sie spielen ihre langen Diagonalen vorzugsweise und viel lieber ohne den sagenumwobenen Ruf „FORE" auf dem Platz ins Rough. Weshalb sie nicht nur Präsidenten geworden sind, sondern auch King of the Rough genannt werden dürfen. Mich wird dagegen die Driving Range wohl selbst im hohen und golfreifen Alter nicht mehr

---

[2] Ulf Bogy

loslassen. Irgendwie kommen dort auch immer Gefühle der Geborgenheit hoch. War ich unsicher da draußen in der weiten Welt des Platzes bietet mir die Range eine Geborgenheit wie Mutterns Küche. Plötzlich gelingen wieder alle Schläge und ich tanke von Zeit zu Zeit neues Selbstbewusstsein. Es ist dort auch irgendwie wie Vokabeln auswendig lernen. Und ein rituelles Pflichtprogramm vor der vorgabewirksamen Runde. So wie das sinnliche Putzen der Sonntagsschuhe vor dem Kirchenbesuch. Ich werde der Range als meine Übungswiese treu bleiben, weil mir dort auch Schläge gelingen, die sonst den Pros vorbehalten sind. Ich werde bis zum Ende meiner Golfer Karriere einige tausend Euro investiert und mindestens 150.000 Bälle erfolgreich auf imaginäre Ziele, in nicht wirklich vorhandene Waldschneisen und auf enge Grüns geschlagen haben und alle meine Schläge als gelungene Vorbereitungen wie früher auf wichtige Klassenarbeiten und Prüfungen empfunden haben. Dabei weiss ich doch, dass die meisten meiner Klassenarbeiten mit einem seichten „befriedigend" endeten. Ob das mit meinem heute höchstens befriedigenden Handicap zusammenhängt? Man sagt ja Könner, also gute Spieler, spielen einstellig. Sehr gute Spieler mindestens mit einer Vorgabe von maximal sieben. Hoch begabte Übungsweltmeister mit Nerven aus Stahl werden Professionals.

Nach meiner Erfahrung steht Driving-Range demnach für Üben, Üben, Üben und nochmals Üben! Driving-Range hat demnach auch rein gar nichts zu tun mit solchen Übersetzungen für *Range*, wie Spannweite einer Statistik, oder Analysemuster für Software oder noch weniger mit geographischen Gebieten wie den Häfen Amsterdam, Rotterdam, Antwerpen und Gent. Des Golfers Range hat damit auch ganz und gar nichts zu tun mit dem Fahren. Demnach ist das Auto mit dem schönen Namen Range Rover, der wohl so viel bedeuten soll wie „Wir erkunden die schöne Gegend" nicht zwingend das passende Automobil für den Golfer. Denn der will ja die Gegend nicht erkunden. Das hieße nämlich er befände sich nach seinen Schlägen ständig im Rough. Und da will der Golfer ganz sicher nicht hin. Außer er ist der King of the Rough.

Deshalb gehe ich auch heute noch ab und zu auf die Range und fahre lieber einen VW Caddy.

Das Grün. Die grünste aller Wiesen.

„Grün ist die Hoffnung" (Weisheit)

Grün ist die Hoffnung. Der Titel des gleichnamigen Romans des amerikanischen Schriftstellers T.C. Boyle aus dem Jahre 1984 erzählt die Geschichte des frustrierten Alt-Hippies Felix Nasmyth, der die Hoffnung hat, durch illegalen Marihuana-Anbau in Nordkalifornien reich zu werden. Grün ist die Hoffnung aber auch für alle Golfer, besonders für Bogey- und Freizeitgolfer, des Planeten irgendwann einmal einstellig zu werden. Denn wenn wir letztgenannten nach einem geglückten Abschlag, einigermaßen langen so genannten Transportschlägen, die gewaltige Divots in der Grasnarbe hinterließen, und glücklichen Schlägen rund um das Grün den unschuldigen kleinen Ball endlich zum Bogey oder sogar zum Par auf dieser Wiese der Glückseligkeit gebettet haben beginnt der spannendste und gefährlichste Teil des Spiels. Das Putten. Dazu später mehr. Fest steht das Grün ist **die** zentrale Stelle einer jeden Golfbahn. 18 Grüns mit den entscheidenden Situationen für jeden Golfer. Grüns sind heilige Stätten.

Ich habe keine Runde hinter mich gebracht, auf oder nach der nicht irgendjemand den Zustand dieser hoch frequentierten und dem Platz am stärksten belasteten Wohlfühllandschaften unter freiem Himmel beklagt oder bejubelt hätte. Denn auf den Grüns, jedes einzelne normalerweise bis zu 1000 m² groß, wird über Sieg oder Niederlage, über Handicap-Verbesserungen oder Verschlechterungen, über Beziehungen und Männerfreundschaften entschieden. Manchmal sogar über Existenzen. Auch auf den Profitouren, wo die Grüns besonders schnell und damit besonders schwer zu spielen sind, damit sich die Spreu vom Weizen trennen lässt. Dort ist es nämlich ähnlich wie beim Reiten. Den Vollblutgalopper sicher und schnell ins Ziel zu bringen braucht wohl ganz andere Fähigkeiten und Fertigkeiten als mit einem Islandpony daher zu tölten oder mit einem Kaltblüter den bayerischen Bierwagen zu ziehen.

„Heute waren die Grüns aber schnell". Diesen Satz habe ich auf den deutschen Plätzen schon öfter mal gehört. Schnell. Ich fand´s langsam. Also was ist eigentlich schnell? Können sie mit diesem Satz etwas anfangen? Wahrscheinlich weniger, es ist unter uns Amateurspielern auch kein Usus die Geschwindigkeit wirklich zu definieren.

Da wird mehr gefühlt. Für die Profis ist die Angabe der Grüngeschwindigkeit allerdings essenziell - jeder Spieler auf der Tour kann deshalb mit dem Begriff „Stimp" etwas anfangen. Das ist so etwas wie die Angabe über den Reifendruck im Pneu eines DTM-

Boliden. Oder wie für uns Autofahrer das Wortungetüm Kilometer pro Stunde (km/h).

„Erfunden hat den Stimpmeter ein amerikanischer Golfer –Edward Stimpson, und das schon 1935. Ab 1978 wurde das Gerät zur Messung der Putt- bzw. Rollgeschwindigkeit von der United States Golf Association (USGA) eingesetzt. Mit einem sogenannten „Stimpmeter" wird die Schnelligkeit eines Grüns gemessen. Dafür werden eine Alu-Schiene in V-Form mit einem Winkel von 145°, 3 Golfbälle und ein zu messendes Grün benötigt. In der Alu-Schiene (Länge = 91,44 cm, Breite = 4,45 cm) befindet sich eine Einkerbung. In diese Markierung kann ein Ball gelegt werden.

Um die Schnelligkeit des Grüns zu bestimmen, wird eine möglichst plane Ebene des Grüns gewählt. Das Stimpmeter wird mit einem Ball in der Einkerbung auf den Boden gelegt. Beim Anheben des einen Endes der Alu-Schiene rollt der Ball von der Markierung 76,2 cm an der Schiene bis zum Grün herab. Dies geschieht bei ca. 20° Anhebungswinkel der Schiene. Der Ball rollt entsprechend der Beschaffenheit des Grüns eine messbare Länge von der Schiene bis zum Haltepunkt des Balles, beispielsweise 6 Feet 3 Inches = 191 cm.

Diese Prozedur wird zweimal wiederholt. Danach wird der Durchschnitt aller drei Längen gemessen. Da die Grüns in der Regel nicht komplett eben sind, wird die Messung in die entgegengesetzte Richtung wiederholt. Aus den zwei Durchschnittswerten kann die endgültige Geschwindigkeit in „Stimp", also in der Länge des Balllaufs, angegeben werde.

Die Messungen werden in den USA üblicherweise in Feet und Inches angegeben. Die schnellen Profiturniere, wie das Masters, haben oft eine Geschwindigkeit von 12 Stimp und mehr. Auf der European Tour, gerade in Asien, können auch nur 8 Stimp auf den Grüns vorherrschen. Die Grüngeschwindigkeit variiert von Turnier zu Turnier. Dabei kommt es nicht nur auf die Härte des Grüns, die Bewässerung, die Graslänge und die Grasart an, sondern ganz besonders auch auf die Tageszeit." [3]

Hier muss ich nun noch feststellen, ich habe in Deutschland und Mitteleuropa noch niemals auf irgendeiner Runde ein Grün gespielt, welches schneller war als 3 Stimp. Außer es ging ziemlich bergab. Also schnell geht's woanders aber nicht in Mitteleuropa und schon gar nicht im Mittelgebirge. Mit fremden Golfern streite ich mich ständig darum, wer in Deutschland die langsamsten und untreuesten Grüns hat. Ich behaupte, dies ist in Bayreuth der Fall. Möglicherweise liegt das daran, dass Angela Merkel hier ab und an zur Festspielzeit spazieren geht und alle darauf achten, dass der Boden ebenerdig und nicht zu glatt ist, so dass ihr nicht wieder wie

---

[3] Matthias Kiesinger, Golfpost.de 6/2012

seinerzeit in den Bergen beim Skilanglauf ein Sportunfall passiert.

Es wundert also deshalb ganz und gar nicht, wenn der Greenkeeper und seine Arbeit am Grün beständig unter besonderer Beobachtung stehen. Der Greenkeeper ist nämlich die Fachkraft für die Instandhaltung und Bewirtschaftung u.a. von Golfsportplätzen. Er - und sein Gehalt - unterscheidet sich von einem Platzwart für den Tennisaschenplatz oder das selten gewordene Rote Erde Stadion im Allgemeinen dadurch, dass dieser in der Regel hinreichend über erforderliche Spezialkenntnisse zur hochkomplexen Pflege von Rasenflächen, insbesondere auf Golfplätzen verfügen sollte. Der Chef der Truppe, der Mensch mit der monströsen Berufsbezeichnung „Head-Green-Keeper", ist also ein Mann, zuweilen auch eine Frau mit ganz besonderer Verantwortung.

Diese Bürde zu tragen wäre sicher nicht so schwierig, wenn dem Head-Green-Keeper nicht nur der anspruchsvolle Golfer ständig skeptisch entgegenträte. Letzterer wäre aber vielleicht hinsichtlich der Anforderungen an die Grüns schon etwas weniger anspruchsvoll, wenn er sich mal sein eigenes kleines Rasenstück zuhause anschaut – sofern er nicht in einer innerstädtischen Eigentumswohnung mit Dachterrasse und Kunstrasen haust - und sich vorstellt wie das ist wenn da im Jahr fünftausend

Menschen durch ihren Garten oder über den Balkon laufen. Wenn der anspruchsvolle Golfer also auch noch weiss wie die Elemente Wasser, Wind und Erde wirken, welche furchtbaren Gräser, Flechten und Moose in Schach zu halten sind, dann wäre er froh überhaupt allzeit zwar langsame aber grüne und einigermaßen treue Grüns zu finden. Genauso froh wie über treue Freunde oder eine treue Frau.

Zum Zustand von Grüns und unserem bestmöglichen Einklang damit, egal wie deren Zustand ist passt vielleicht folgende kurze Anekdote:

Drei Senioren auf der Runde. Beginnt der erste zu meckern. "Der Rasen ist aber stumpf heute!" Der zweite mault: "Und er könnte mal wieder gemäht werden!" Der dritte Senior: "Hört auf zu Jammern! Immerhin sind wir noch auf der richtigen Seite des Rasens!"

Der Schwung. (Selbst-) Erkenntnis.

„Der Golfschwung zeichnet sich dadurch aus, dass man versucht, aus den schlimmsten Verrenkungen des Körpers eine graziöse Bewegung zu machen."[4]

Nicht nur der erste Teil der Überschrift zu diesem Kapitel verdient Beachtung. Rein wissenschaftlich betrachtet ist ein Schwung bereits eine beachtenswerte physikalische Größe. Ein Schwung ist entweder ein Impuls eines bewegten Massenpunkts oder Körpers, der Drehimpuls eines rotierenden Körpers oder die kinetische Energie eines linear bewegten oder rotierenden Körpers.

Soweit zur Theorie. Dennoch, ein Schwung ist auf jeden Fall etwas ganz anderes als ein Schuss, ein Wurf, ein Schlag. Der Schwung ist etwas ganz Besonderes. „Schwung" hört sich auch dynamischer an als Schlag oder Wurf. Und unendlich viel eleganter als Schuss. Auch schon gar nicht so final. Es hört sich nach einem wunderschön anzuschauenden unsterblichen Bewegungsmuster wie beim Skifahren, Snowboarden oder beim Tanzen an.

Irgendwie vermittelt der Begriff Schwung demnach und nach dem ersten Eindruck die Vorstellung von

---

[4] Tommy Armour, dreifacher Major-Sieger

Eleganz, von Verve. Schwung hört sich also vielfach besser an. Sowie „Beau" sich besser anhört als „schöner Kerl" oder „Herr" besser als „Mann". Insofern ist man besonders als Golfer männlichen Geschlechts stets bemüht seinem eigenen Golfschwung eine besondere Eleganz, eine wunderschöne und imponierende Dynamik zu verleihen. Ganz in der Absicht eines schönen bunten tropischen Vogels die Anerkennung bei den Damen anstatt mit langen bunten Federn oder aufgeblasenen glänzenden Kröpfen mit eleganten schwungvollen und möglichst langen Abschlägen hervorzurufen. Oder gleich eines französischen Liebhabers die Dame des Herzens solchermaßen ohne schöne Worte zu beeindrucken. Dumm ist allerdings, dass es nur Wenigen von uns gelingt diesen schönen Ausdruck auf den Abschlag oder das Fairway, noch weniger ins Semirough, Hardrough oder abweiges Gelände des Golfplatzes innerhalb seiner weiss markierten Grenzen zu zaubern. Wir degenerierten Autofahrer-Bürosessel-Pupser haben wohl einfach nicht mehr den Hüftschwung der wilden Germanen. Schon gar nicht den erotisierenden Swing der Völker Afrikas. Ich mühe mich seit Jahren. Alle hübschen Damen wenden sich ab oder wundern sich trotz meiner gehackten Schläge über meine seltenen 85er Runden. Selbst unter den Könnern und sogar unter Profis sind aber wirklich elegante Schwünge auch nicht alltäglich. Denn die Eleganz in diesem Sinne ist allein gar nicht das Problem für eine gute Runde. Sondern die verschiedenen Ebenen der Golf-Bewegungen und das Zusammenspiel mit dem Kopfe beim Schlagen der kleinen weißen Kugel. Manch einer nennt die Kugel daher auch Sau. Die schwierige Komposition aus Koordination, Körper- und Ballgefühl sowie der notwendigen Konzentration. Eben all diese Konzentration liegt zugleich auf der Bewegung und auf dem Spielgerät Ball. Eine besondere Herausforderung in allen Sportarten, in denen Instrumente wie Schläger im Spiel sind. Gute Bewegung, hohe Konzentration, Ballfocus stundenlang und „schwups": guter Treffmoment und schon liegt der Ball tot an der Fahne.

Bevor ich hier fortfahre, fällt mir hier ein kleiner Witz ein, den ich nur noch selten erzähle, weil ihn die meisten älteren Golfer schon kennen und die jungen Golfer ihn noch nicht wirklich verstehen:

„Die Golffreunde von Rudi stehen an seinem offenen Grab und trauern um ihren guten Freund. Als Grabbeigabe schenken die Anwesenden viele Tränen, Blumen und Golfbälle. Jocki wirft einen Flaggenstock von der 10 ins Grab. Was das soll, fragt Uta. Antwortet Jocki: „Der Rudi wollte doch schon immer tot an der Fahne liegen."

Scherz beiseite und nun zurück zum Schwungbegriff.

Der Schwung beschreibt dem Grunde nach entweder einen Bogen, eine Wende oder eine wie auch immer geartete Aktivität wie Arbeitslust, Begeisterung, Dynamik, Eifer, Energie, Feuer, Initiative, Kraft, Lebendigkeit, Lebhaftigkeit, Pep, Schaffenskraft, Spannkraft, Tatendrang, Tatkraft, Temperament, Vitalität. Tatendurst. Elan, Engagement, Vehemenz; umgangssprachlich Schmiss; oder im Jargon Power; Schmackes ...

Also eine ganze Menge und damit ein dehnbarer Begriff. Enthält also inhaltlich so etwas wie Drive.

Und da sind wir schon wieder beim Golf. Der Drive oder Golfers Schwung kann eben auch aktiv sein, lustig, begeistert, dynamisch, eifrig, energisch, feurig, initiativ, kräftig, lebendig, lebhaft, peppig, spannungsgeladen, tätlich, temperamentvoll, vehement, vital. Ganz selten ist der Schwung aber sozial, weich, entgegenkommend oder kommunikativ. Womit klar ist, dass der Golfschwung männlich ist. Eben dieser maskuline Schwungbegriff beschreibt inhaltlich fast niemals so etwas wie Eleganz oder Schönheit.

Es gibt aber Menschen, vor allem männliche Golfer in ihren besten Jahren, so genannte Mid-Amateure, die fahren deshalb nicht in den Urlaub, sondern zum Schwungtraining. Das ist für sie eine sehr spannende Zeit außerhalb des Berufslebens, außerhalb des täglichen Einerleis. Sie sehnen sich danach, endlich einen schönen Schwung zu zeigen, der nicht nur die Damenwelt beeindruckt und zudem auf ganz andere Qualitäten schließen lässt. Nämlich dass sie nicht nur Golf spielen. Ich fand es immer wichtiger irgendwie einfach so oft wie möglich unter 90 zu spielen und nicht den Damen mit meinem Schwung zu gefallen. Nun bin ich fast sechzig Jahre alt und mein Schwung sieht genauso alt aus. Also mehr wie ein Golfschuss.

Zur Ehrenrettung aller männlichen Golffreunde muss ich allerdings sagen, dass die Frauenschwünge zuweilen auch nicht schöner anzuschauen sind. Sie sind nur weicher und allzu oft von fehlender Dynamik und Lebendigkeit. Der Damenschwung sollte deshalb auch einen neuen Namen bekommen. Wie wäre es mit „Schwuuung"?

Der Putt. Zwischen den Ohren.

"Nur ein geschenkter Putt ist ein todsicherer Putt."[5]

Mein Handball spielender Freund Uwe sagt immer zu mir: „Das mit dem Putten ist doch wie mit unseren Siebenmeterwürfen. Immer in die Mitte und drin ist das Ding! Ganz easy!" An sich und theoretisch hat er da Recht. Das mit dem Putt oder dem Putten beim Golf ist von außen betrachtet ganz gewiss auch eine sehr einfache Sache. Sind das doch üblicherweise die letzten beiden Aktionen mit Schläger und Ball um Letzteren ordnungsgemäß zum Par einzulochen und damit über 18 Bahnen zu einer vorschriftsmäßigen 72er Runde, damit auf das Niveau des absoluten Könners oder gar Profigolfers, zu kommen. Nun setzt dieses Ansinnen zum einen bereits voraus, dass wir das richtige Grün „in regulation", also mit der von den Platzarchitekten vorgesehenen und von uns gewünschten Anzahl von Schlägen tatsächlich auch erreichen. Selbst wenn uns das gelingt, ist es noch ziemlich unsicher wie viele Meter wir nun noch von der Fahne, also vom im Durchmesser 10,79 cm messenden, riesengroßen Golfloch, entfernt liegen.

---

[5] John Updike, US-amerikanischer Schriftsteller

Sollten wir aber vergessen haben zu berücksichtigen wie die Fahnenposition des Tages ist, kann es uns passieren, dass wir noch fünfunddreißig Meter putten müssen. Speziell auf fremden Platz mit unbekannten, riesengroßen Grüns. Dies kann man als aktiver Golfer regelmäßig und immer wieder gut, auch auf der Runde mit dem besten Freund, mit stiller Schadenfreude beobachten. Dabei muss ich gestehen, ich bin wirklich der einzige Golfer, der bei solchen Situationen Schadenfreude empfindet. Da sind mir meine Mit-, Gegenspieler, Flightpartner und -Partnerinnen moralisch allesamt überlegen. Aber weil ich anscheinend auch der Einzige bin, den die aufziehenden Katastrophen wirklich interessieren habe ich sie immer und immer wieder studiert. Dabei habe ich mit statistisch hoher Wahrscheinlichkeit feststellen können, dass allein die Überwindung von vielen Metern mittels eines Putts nicht nur für in Ballsportarten ungeübten Damen eine echte Herausforderung sondern fast eine unmögliche Aufgabenstellung darstellt. Auch die Herren der Schöpfung, die nach ihren beeindruckenden langen Schlägen diese Angelegenheit, aus - sagen wir einmal - läppischen zweiundzwanzig Metern bewältigen müssen bekommen zuweilen weiche Knie. Und da versagt dann schon mal das, was beim Golfen absolut wichtig ist. Nämlich, dass zwischen den Ohren alles richtig funktioniert. Ergo die störungsfreie Funktion des motorischen Cortex sicher gestellt ist. Was meint, dass speziell der durch viel Testosteron gesteuerte Mann im allerbesten Alter die Kontrolle über seine Ball-Gefühle, seine latente Angst vorm Versagen in solcherlei Drucksituationen unter Kontrolle haben muss. Das geht meinem Freund Hans-Jürgen hin und wieder so. Da liegt er nun mit zwei tollen Schlägen auf dem grünen Grün und freut sich schon diebisch auf sein Par und den Lochgewinn gegen mich. Schaut genüsslich in den Himmel, erkennt mit geübten Auge die wilde Topografie des Grüns, all die sogenannten Breaks. Analysiert noch sicherheitshalber wie das Gras wächst, woher die Sonne scheint. Was wichtig ist, wenn man jetzt ein Birdie und mich dann an die Wand spielen will. Denn zu jeder Jahres- und Tageszeit wachsen die millimeterkurzen Grashalme in eine andere Richtung. Immer der Sonne hinterher. Sagt man. Dann markiert er den Ball wieder und richtet seinen kleinen weißen supersoften Freund gewissenhaft aus.

Bevor er zur Tat schreitet ruft er mir siegesgewiss zu: „Putting for Birdie". Konzentriert sich noch ein letztes Mal auf Ball, Linie und Loch und puttet schließlich mit ganz, ganz viel Gefühl. Trifft den Ball bei vollkommen korrekter Stellung der Schlägerfläche perfekt im Sweetspot. Rein technisch gesehen ein fantastischer Putt. Der muss fallen. Wahlweise, je nach Stimpmeterlage, bleibt der Ball aber bei Hans-Jürgen zuweilen trotzdem viel zu kurz. Klar ist, die Grüns sind sehr langsam heut. Vier Meter verbleiben noch. Das ist im Vergleich zur Bahnlänge vielleicht nur noch ein lächerliches Prozent. Aber mit diesem sensationellen Birdieputt hat mein Flightfreund mit diesem Versuch nun je nach Vorgabe weitere 20, 25 oder gar 33% seines Schlagvorrats auf der Bahn verbraucht. Der Druck steigt.

Das innere Drama nimmt seinen Lauf. Ist das Par noch zu retten? Die Katastrophe bahnt sich an. Die Unsicherheit nimmt zu. Zudem ist der nachfolgende Flight offensichtlich schon aufmerksam geworden. Wohl bekannte Bemerkungen und verdächtige Lacher hallen über die Fairways und prallen auf Hans-Jürgens Ohren. Der kommende Parspieler konzentriert sich dennoch ganz offensichtlich wie ein buddhistischer Mönch. Umkreist die Situation Ball-Linie-Loch-Linie-Ball immer und immer wieder wie der Bartgeier die Beute. Beäugt die Lage stehend, kniend, hockend, zuweilen auf dem Bauch liegend. Schreitet wieder zur Tat. Gibt dem Ball eine echte Chance. Das wird von guten Golfern so verlangt. Das Grün zum Loch geht leicht bergab und fällt nach links. Kann man liegend ohne Wasserwaage nicht unbedingt sehen. Der Ball verfehlt das Loch um einen halben Zentimeter und kommt erst 58 Zentimeter hinter dem Loch zu Stehen. Die Grüns sind doch schneller als gedacht. Dem augenblicklichen Schrecken dieses furchtbaren Ereignisses folgt nun die Anbahnung eines schrecklichen Gedankens. Eben diesen Gedanken auf dem Kristallisationspunkt des möglichen Versagens hat Chi Chi Rodriguez[6] einmal so formuliert:

> *"Ich habe keine Angst vor dem Tod,*
> *aber ich hasse diese Meter-Putts zum Par."*

Hans-Jürgen ist einer von den Golfern, die dieses Trauma schon seit langer Zeit ab 50 Zentimetern zwischen ihren Ohren herumtragen. Und nun liegt mein Freund aber nicht zum Par sondern schon zum Bogey. Zum einen sind einhundert Prozent seines Schlagvorrats auf der Bahn verbraucht, zum anderen muss das Ding nun rein, um in unserem Lochspiel noch mit mir zu teilen. Also unentschieden zu spielen. Ich könnte ja schenken. Ich denke aber an John Updike und gleichzeitig, dass es um einen harten Euro geht und schenke nicht. „Den will ich sehen". Hans-Jürgen kennt das. Gleiche Routine. Gleiche Prozedur. Der Ball wird jetzt jedoch besonders gründlich gereinigt. Trotz meiner aufmunternden Bemerkung zum Ball während der unterwegs zum Loch ist bleibt er einen Zentimeter vor dem Loch liegen. Hans-Jürgen wird zum Vulkan. Ist „Es geht bergauf Du Depp!!!" eigentlich eine Beleidigung und ein Verstoß gegen die Etikette?

---

[6] Chi Chi Rodriguez; puertorikanischer Golfpro

Das sichere Putting for Birdie verwandelt sich folgerichtig in ein Doppelbogey und Hans-Jürgens Tag ist gelaufen. Nun dürfte klar sein warum man manchem Golfer nach einer ernsthaften Runde, in der er sein Handicap wieder mal nicht heimgebracht hat, niemals nach seinen Putts fragen sollte.

Denn es dämmert ihm nun wieder: er muss üben, üben, üben. Das wäre zwar gut, ist aber ach so langweilig.

Die Regeln. Das Rating.

Golf - der perfekt geregelte Wahnsinn[7]

Nachdem ich nach all den Stunden mit meinem Pro George also Gefallen gefunden hatte an der Bewegung in der frischen Luft, unter der lieblichen Sonne des Golfgotts in der großzügigen und so wunderschön gestalteten Kulturlandschaft des Courses und die notwendigsten Überlebenstechniken für das Spiel erlernt hatte ging es wie mit allem was zu schön ist, um wahr zu sein. Kein Spiel ohne Regeln. Während die Wettkampfregeln meines Jugendsports, der Ruderei, auf 39 Seiten zusammengefasst sind, die inzwischen sehr ausdifferenzierten Regeln des Fußballspiels immerhin noch auf 121 Seiten Platz finden, nehmen die offiziellen Golfregeln des deutschen Golfverbandes, inclusive der Bestimmungen wer nun Amateur ist und wer nicht, über dreihundert Seiten in Anspruch. Fast jede Kleinigkeit über das Spiel, die Ausrüstung, die Verantwortung des Spielers und anderes ist in 11 Kapiteln und in 121 Direktiven dezidiert geregelt. Dazu gesellen sich die Platzordnungen und Wettspielausschreibungen, die von Land zu Land und von Club zu Club wechseln dürfen und der Allmacht

---

[7] Erich Helmensdorfer - Deutscher Journalist und ehemaliger Fernsehmoderator

der jeweiligen Spielleitungen unterliegen. Wer nun ein echter Golfer werden will, muss diesen Wahnsinn so ziemlich auswendig gelernt haben und in der entsprechenden Situation auch noch richtig anwenden, damit das mit Partner auf Runde auch klappt und nicht Strafschläge und Disqualifikation drohen. Es ist vollkommen klar, dass eben dies eine echte Fleißarbeit und für spaßiges Spiel hinderlich ist und so mancher Freund das „learning by doing" den regelmäßig angebotenen Regelabenden vorzieht.

> *Es gibt keinen sicheren Weg, eine Regel zu lernen, als gegen sie zu verstoßen und dafür bestraft zu werden.*[8]

Dieses Verhalten ist ebenso eine Folge von verdichteten Zeitkontingenten wie auch von Überangeboten die Freizeit zu gestalten. Den Führerschein fürs Golfen, die sogenannte Platzreife oder Spielerlaubnis erhält man heute in den Zeiten der großen Freiheit viel leichter also anno dazumal. Man stelle sich das bei steigendem Verkehrsaufkommen auch mal auf deutschen Straßen vor.

---

[8] Tom Watson, achtfacher Majorsieger

Zu den komplizierten Regeln gesellt sich das Course-Rating. Das ist zwar eigentlich nur für turnierspielende Golfer relevant, weil es zuweilen, eben wenn man zu Turnierzwecken seinen Heimatplatz verlässt die Vorgabentabelle und schließlich die Handicap-Bewertung beeinflusst. Zum Beispiel ist dann eine gespielte 85 eben nicht immer eine 85 sondern kann je nach CR Wert, BR Wert und Slope auf einem relativ leichten Platz schon eine 88 sein oder auf einem schwereren noch eine 82. Alles in allem soll die Courseraterei also bespielte Plätze vergleichbar machen und ist inzwischen eine ganz eigene Wissenschaft für sich, die in aller epischen Breite zum Beispiel auf den Seiten des deutschen Golfverbandes nachzulesen ist[9].

Es werden zahlreiche Experten damit beauftragt, die 35.000 Plätze weltweit nach einer Vielzahl von Kriterien zu bewerten:

Wesentlich ist Ermittlung der effektiven Spiellänge nach den Kriterien Ausrollen des Balles, Höhenunterschiede, erzwungenes Vorlegen, vorherrschender Wind und Höhe über dem Meeresspiegel und die Erschwernisfaktoren, die da sind: Geländebeschaffenheit, Fairway, Grünanspiel, Rough, extremes Rough, Ausgrenzen, Wasserhindernisse, Bäume, Wälder,

---

[9] siehe: http://www.golf.de/dgv/rules4you/handicap/courserating.cfm

Grünoberflächen. Nicht zuletzt psychologische Aspekte. Nachdem der Wahnsinn nun eine ziemliche Methode und hohe Perfektion angenommen hat möchte ich hoffen, dass die geschulten „Course-Rater" nicht nur die festgelegte Systematik verstanden haben und danach bewerten, sondern dass sie auch einen Bachelor in Psychologie haben und immer gut ausgeschlafen sind. Um das Jobwunder rund um diese interessante Beschäftigung nicht zu gefährden sei erlaubt vorzuschlagen zukünftig noch folgende Faktoren in den Erschwerniskatalog aufzunehmen: Fluglärm, freilaufende Hunde, Jogger, Montainbiker, ausgewilderte Wölfe und Bären, fehlende Schutzhütten…

Abschließend wäre, handelte sich bei dieser Auseinandersetzung um einen Beitrag zu einer ideologisch geführten Debatte, anzumerken, dass dieses Spiel und seine Umstände damit es ein echter Volkssport werden kann unbedingt einfachere Regeln benötigt. Andernfalls wird ein Bachelorabschluss niemals ausreichen um langfristig ein erfülltes Golferleben auf zumindest mittlerem Handicapniveau zu erreichen. Bis heute ist es so, dass nicht die Gebühr den Nachwuchs vom Golfen fernhält sondern das fehlende Abitur nach Altvätersitte oder der ursprüngliche wissenschaftliche Abschluss zu Zeiten vor Bologna.

Der Golfgott.

„Wenn es einen Golfgott gibt, dann hat er mich nicht immer lieb."[10]

Es ist ja vollkommen egal ob sie als Leser oder Leserin all dieser Gedanken noch Kirchensteuern bezahlen oder nicht. Oder ob sie bei der Lektüre dieser manchmal biografischen Skizzen darauf warten zu erfahren ob der Schreiberling ein Gläubiger ist, ein Atheist oder an einem ganz anderen Ufer steht.

Wahrscheinlich ist lediglich die vorsichtige Vermutung richtig, dass der Golfer an sich des Öfteren innige Begegnungen mit einem speziellen Gott hatte, hat und auch weiterhin haben wird. Nämlich mit dem Golfgott.

Dieser weise Herr, der vielleicht ja auch eine Dame ist, stattet dich zunächst mit einem gewissen Talent aus. Was sichtbaren Ausdruck findet in der Eleganz, Dynamik und Präzision deiner ersten Schläge. Was niemand sieht: Dein inneres Gleichgewicht. Deine Stressfähigkeit. Deinen Mut. Deine Wut.

Dieser Gott ist auch der Herr über die Natur. Über den Luftdruck, den Regen, den Wind. Er schickt dir den Regen, wenn er weiß, dass du den Regenschirm

---

[10] Ulf Bogys eigene Weisheit

vergessen hast. Er schickt dir die Sonne und die Hitze an einem Tag, an dem dein Getränkevorrat viel zu knapp bemessen ist. Er macht die Runden besonders lang, wenn die Bananen im Supermarkt aus waren. Er verstreut die nicht ausgebesserten Divots des vorangegangenen Flights genau an die Stellen, an denen dein Abschlag liegen bleiben wird. Er lässt deine Fairwayschläge sogar auf deinem Heimatplatz an Stellen landen, die du zuvor noch nie bemerkt hast. Er schenkt dir unmögliche Lagen. Er macht die Grüns stumpf, wenn deine Putts nicht lang genug sind. Und verschiebt das Loch um einen Zentimeter, wenn deine Putts aggressiv genug waren. Er macht dich blind und taub. Er schenkt dir Tage, an denen gar nichts mehr geht. Und beim Golffreund alles. Das sind die Tage, an denen sogar ein gesegneter Golf-Präsident (Hcp. 13,7) eine 122 hinnehmen muss. Und das auf eigenem Platz.

Ich habe gegolft – welch herrliche Erinnerung.
Ich werde golfen – Vorfreude.
Ich golfe – die Hölle auf Erden. [11]

Ich werde es wieder tun - Und mein Handicap verbessern.[12]

---

[11] Bernhard von Limburger Deutscher Golfarchitekt, *1901 †1981

[12] Peer Haraldsen, Visionär

Das sind die Tage, an denen Golfer mit Hingabe und Opferbereitschaft die Back Nine spielen, um ihn zu besänftigen, diesen Gott, diesen Teufel. An denen sie voller Demut das Clubhaus betreten und ihre Scorekarte abgeben und froh sind, dass es noch etwas zu trinken gibt. Mit Ausnahme von Peer.

Hindernisse und Hemmnisse

"Mein Freund der Baum"

Der über uns wachende Golfgott schenkt uns auch die zahlreichen Hindernisse, an denen wir unseren Charakter testen und die vereiteln sollen, dass der Golfer das Grün mit der gewünschten Anzahl von Schlägen erreicht. Das vertrackte an Golfplatz-Hindernissen ist, dass sie auf allen Plätzen dieser Welt unterschiedlich verteilt und ihrer Art unvergleichbar sind. Ihre Hinterhältigkeit wird uns erst dann bewusst, wenn wir Bekanntschaft mit ihnen gemacht haben. Die Typologie der Hindernisse beginnt mit dem Bunker. Golfplatzbunker sind jedoch nicht die schützenden Bauwerke, die die Menschen vor direkter Gefährdung bewahren. Es sind eher solche Bauwerke, in den Boden eingelassen und zumeist mit Sand befüllt, die durchaus mit militärischen Bunkeranlagen zu vergleichen sind. Haben sie doch den Zweck, den Angriff des Gegners - in diesem Fall des Golfers - zu erschweren. Ergo sind sie als Verteidigungsanlage zu verstehen.

Hernach stellt sich das Wasserhindernis als weitere Herausforderung dar. Es gibt da tiefe Teiche oder Abstürze an Meeresküsten wo der Ball unter Hinzuzählung von Strafschlägen auf ewig verloren ist. Es gibt aber auch die simplen Oberflächenrinnsale oder kleine Gräben in denen der Ball zuweilen spielbar scheint. Bei den Versuchen das scheinbar spielbare Sportgerät aus den Binsen, Gräsern oder Schilfen zu befreien kann man wahre Körperkunststücke und die mannigfaltigen Arten von Wutanfällen beobachten. Haben sich doch schon zahlreiche Golfer bei dem Versuch einen Strafschlag durch Besserlegen zu vermeiden zahlreiche ärgerliche Zusatzschläge hinzugezogen oder den Ball gar verloren, weil der aus lauter Angst vor dem unmutigen Führer des Pitching Wetches sein Glück in den Tiefen des Morastes suchte. Die allergrößte Herausforderung an den Wasserhindernissen ist bei den meisten Golfern allerdings das mangelhafte Wissen darum welche Regel-Optionen bei seitlichen oder frontalem Wasser das Spiel erleichtern könnten.

"Der Unterschied zwischen einem Sandhindernis und einem Wasserhindernis ist wie zwischen einem Autounfall und einem Flugzeugabsturz: Einen Autounfall kann man überleben." [13]

Neben anderen Hindernissen und Hemmnissen, die da auf der Runde beweglich oder unbeweglich im Raume stehen können, spielen geschickt platzierte

---

[13] Bobby Jones, vielfacher US-amerikanischer Golfamateur-Champion

Bäume eine besondere Rolle für das Golferglück. Grundsätzlich haben Bäume im Auge des Betrachters doch eher eine beruhigende Wirkung. Als Teil der Natur erkennen wir uns darin wieder und wünschen uns nichts sehnlicher als das der Baum unser Freund ist.

Mancher Golfspieler mit mangelnder Fähigkeit zum Coursemanagement vermisst allerdings nach verschiedenen Versuchen den unschuldig auf der Mitte des Fairways platzierten Baum seitlich oder durch schnellen Höhengewinn des Balles zu umspielen eine Kettensäge in seinem Bag.

Denn oft erfährt er hier, dass nicht alle beruhigenden Zureden des Teaching Pro und dessen Theorien etwas mit dem praktischen Bogeygolferleben gemein haben. Einer dieser schönen Sätze heißt: „Ein Baum besteht zu 80 % aus Luft". Besteht bei mitteleuropäischen Laubbäumen besonders im Winter noch in einem Verhältnis von 50:50 die Chance, dass der Ball durch die Baumkrone fliegt, so erkennt der fortgeschrittene und wärmeliebende Golfer bei seinen Runden in den Mittelmeerländern, dass dieses geflügelte Wort als gefährlicher Unsinn unter Strafe gestellt gehört. Pinien, Palmen, Olivenbäume haben nämlich eine maximale Durchlässigkeit für Golfbälle von einem Prozent.

Im Prinzip muss man Bäume daher wie Mauern betrachten.

Das Clubhaus. Hort des Golferlateins.

„Golf erzählen ist viel schöner als Golf spielen"[14]

Ein Clubhaus, ein Sportlerheim bedeutet natürlich wesentlich mehr als nur ein Dach über dem Kopf zu haben, um bei schlechtem Wetter einen sicheren Ort zu finden, an dem du dir den Schweiß des sportlichen Wettstreits abduschen, den Hunger und den Durst stillen, Ehrungen entgegen nehmen oder den Siegern huldigen kannst.

Ein Clubhaus von Golffreunden ist vordergründig betrachtet zunächst einmal der Ausdruck dafür, welches Wohlstandsniveau seine Mitglieder erreicht haben. Das Clubhaus bedeutet andererseits aber auch das Signal dafür dass es noch über Jahre hinweg Gäste und neue Mitglieder freundlich empfangen will. Damit diese erwünschten Gäste das Signal auch noch in entfernten Zeiten empfangen können spielt die Beschaffenheit des Hauses, seine Qualität und Wertbeständigkeit eine bedeutende Rolle. Aus diesem Grunde sind leider auch Clubhäuser entstanden, die mehr versprechen als sie halten können. Dafür sind Architekten verantwortlich. Sie erfinden die Welt des Clubhauses immer wieder neu.

---

[14] Dieter Rivola, Golfpro

Deshalb findet man alle möglichen und unmöglichen Stile vor: traditionell, als Landhaus verkleidet, expressionistisch, organisch, neu sachlich, bauhausig, funktional, rational oder minimal, nachkriegsmodern, international oder postmodern. Allein den brutalistischen Stil habe ich noch nirgendwo entdeckt. Das wäre einmal ein echtes Alleinstellungsmerkmal.

Aber von den architektonischen Fragen einmal ganz abgesehen ist das Golfclubheim, genauso wie die Clubheime anderer Sportarten, philosophisch betrachtet viel mehr. Ein Stück Heimat nämlich. Wo wir uns nach guten Runden feiern lassen und glücklich sind; wo wir uns auch aber nach einer vom Golfgott verordneten, erniedrigenden Runde geborgen fühlen; wo wir einfach zu Hause sind. In einem Nest für die ganze Individualisten-Familie, ein Rückzugsgebiet wo wir uns entfalten, entspannen, Wunden lecken und neue Energie auftanken können. Unabhängig davon, ob dieses Clubhaus eine umgebaute Scheune ist oder ein Schloss. Es ist ein Ort, der Privatsphäre schützt, den Freundeskreis belebt, gleichzeitig aber auch die Vereinsphilosophie spiegelt und den sozialen Status des Clubs darstellt.

Es ist aber vor allem der Hort der unendlichen Geschichten. Gnadenlos werden die eigenen Runden aufgearbeitet, obwohl es nicht jeden interessiert. Es werden Runden in Dauerschleifen revolviert. 175

Meter lange Abschläge mutieren zu gigantischen Längen von 220, manches Mal 250 oder sogar zu 300 Metern. Die Längen von gelochten zwei-Meter Putts vervielfachen sich. Die Rede ist zudem vom Zustand des Platzes, der Grüns, der Richtung des Windes, der Heftigkeit des Regens, der Funktionalität der Wäsche. Traumatische Erinnerungen werden ausgetauscht ebenso wie Glücksmomente. Ein unmögliches Par. Ein Birdie. Man redet über abenteuerliche Erlebnisse, über das Reisen. Über Sehnsüchte. Über Pläne.

Besonders die Pläne. Sie betreffen doch ach so oft die Entwicklung des eigenen Handicaps. Manch einer, ein Realist etwa, plant vielleicht die körperliche Fitness zu steigern, am Schwung zu arbeiten, das Putten zu üben, das kurze Spiel zu stabilisieren und dann viele Turniere zu spielen. Andere Situationen, neue Plätze kennen zu lernen. Die klassische Art.

Von anderen Golfern, manches Mal von solchen, die soeben mit einem schier unmöglichen Ergebnis im Clubhaus aufgeschlagen sind und sich zudem schon im fortgeschrittenen Mannesalter nahe an der Grenze zum Senioren befinden, gleichzeitig aber bei übergroßem Selbstbewusstsein die Gegenwart des manchmal rachsüchtigen Golfgottes leugnen, kann man als Gast am anderen Ende des vornehmen Clubzimmers sitzend ihre ziemlich optimistischen Planungen auf dem Weg zum Single-Handicap vernehmen. Solche Spieler tun auf eine sehr persönliche, aber ziemlich selbstbewusste und unüberhörbare Art kund wie sie am Ende der kommenden Saison aus dem Geschehen als große Helden hervorgehen werden. Sie fordern damit nicht nur ihre Wettkumpane sondern auch den Golfgott heraus und nehmen einfach einen Block und einen Bleistift. Und beschreiben den Verlauf des Handicaps des kommenden Jahres. Wie zum Beispiel der landauf landab bekannte Tausendsassa Peer Haraldsen. Er ist als unzerstörbarer Optimist und legendärer Visionär bekannt. Am Ende der Saison 2016, nach dem „Last Chance-Turnier" legte er sich fest. Nach einer weiteren seiner berüchtigten 111er Runden beschloss er innerhalb der kommenden Saison sein Handicap von 13,7 auf 9,9 zu verbessern. Er sagte: „… und das innerhalb einer Saison". Gefühlt fünfzehn Turniere mit Unterspielung. Grob geschätzt also jede Woche ein Turnier mit Verbesserung. Keine Ausreißer. Keine 122 mehr. Noch nicht mal 90. Bei der von Peer verbreiteten Euphorie gesellt sich Hans, ein weiterer Optimist mit Handicap 13,5 zu ihm und behauptet das Gleiche. Prompt finden sich zwei und halten dagegen. Die Wette steht: Hans Optimist und Peer der Visionär werden die kommende Saison einstellig beschließen. Der Wetteinsatz sind zwei Abendessen für acht Personen, zu kochen daheim am heimischen Herd und Lieferung zahlreicher Flaschen Wein gehobener Qualität in die Keller der Wettsieger.

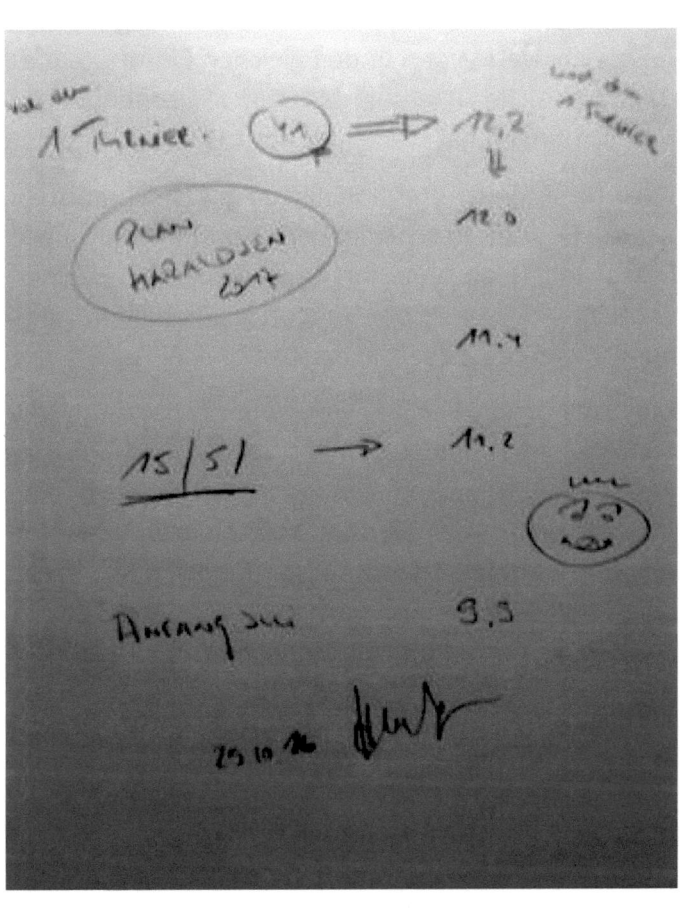

Peer´s ambitionierter Plan zum Singlehandicap

Schon bald dämmert es den beiden zukünftigen Helden, dass das auch schief gehen könnte mit dem ambitionierten Vorhaben und sie schlagen eine Ausgleichswette vor. Für den gleichen Einsatz geht es darum welche Paarung bis zum Saisonende das Handicap-Aggregat stärker verbessert.

Auch diese Wette steht. Realisten gegen Optimisten. Peer´s Devise: Bescheidenheit ist eine Zier, doch besser lebt man ohne ihr. Und wenn´s dann schief geht: irgendwie wird der Golfgott schon helfen. Sei es nur mit einem Feldbett in der Clubumkleide.

Dies ist nur ein Beispiel von vielen für Wetten, die testosterongesteuerte Golfer gerne miteinander verabreden. Daneben gibt es natürlich noch eine Vielzahl mehr oder weniger kostspieliger Varianten für ein einzelnes Loch, eine Runde oder ganze Spielserien. Je länger wir spielen, je vielseitiger werden die Games und die Sidegames.

Wie die oben beschrieben Wette ausgeht? Mal schauen vielleicht ist sie bis zum Ende des Jahres, in dem dieses Buch erscheint ausgespielt. Vielleicht findet sich das Ergebnis noch am Ende?

Golfers Chef. Willkommen im Clubrestaurant.

„Liebe geht durch den Magen." (Sprichwort)

Was die Liebe des Golfers zu seinem Club außer gepflegten Grüns und schöner Landschaft nach dem Ende der Runde neben der Einkehr in ein heimeliges Clubhaus besonders beschäftigt ist die Frage danach wie es wohl um sein leibliches Wohl bestellt sein wird. Denn in der Regel wird der Golfer, vollkommen unabhängig von seinem Charakter, seiner Spielstärke oder seinem Geschlecht mehr oder weniger hungrig ins Clubhaus kommen. Es ist ziemlich unerheblich ob dieser Hunger klein oder groß ist. Es ist auch vollkommen egal, ob die Küche des jeweiligen Clubhauses für eine Sterne-Kreation tauglich ist oder nicht. Erwartet wird in jedem Falle ein qualitativ hochwertiges Mahl mit frischen Zutaten aus der Region zu unschlagbaren Konditionen. Aus biologischer Haltung, Gluten- und Lactosefrei. Handicapfrei quasi. Insofern kann auf jeden Fall mit dem Vorurteil aufgeräumt werden, dass Golfer generell keine besonderen Ansprüche an eines der wesentlichen Grundbedürfnisse des Menschen hätten. Im Grunde wird vom Chef alles verlangt. Zu jeder Tages- und Nachtzeit. Ambitioniert, gut bürgerlich, vegetarisch, vegan Vollkost. Italienische

Kaffeespezialitäten und selbstgebackener Kuchen. Volle Kost. Voll.

Eine besondere Herausforderung bahnt sich für den Chef aber bei bzw. nach Turnieren mit recht großer Teilnehmerzahl an. Denn für den jeweils aufgerufenen Einstiegpreis in das Turnier erwarten die gemeldeten Golfer vor, während und nach der Runde so Einiges. Zumindest bei den Herren muss sich der Chef, auch wenn er mit gewisser Raffinesse in der Lage ist Essbares zuzubereiten darauf einstellen, dass er vorwiegend äußerst kalorienhaltiges Essen in rauen Mengen in riesigen Koch-Utensilien oder auf besonders großen Grillplattformen zubereiten und vorhalten muss. Hier wird nicht gekleckert, hier wird geklotzt. Und zwar fast ausschließlich mit ganz viel Fleisch begleitet durch ausreichend Alkohol. Kleine Brötchen, leichte Speisen oder gar trendige vegetarische Köstlichkeiten haben an diesen Tagen in der Show "Extreme Golf-Chef" keine Chance: Hier tritt der Koch an, dem sein Kochtalent alleine nicht weiterhilft. Er muss auch Kraft, Fitness und vor allem mentale Stärke beweisen, wenn die Golfer sich aufmachen oder wiederkehren von ihren Kräfte zehrenden Runden, währenddessen sie nicht nur abgeschlagen, gepitcht und geputtet haben sondern auch Berge bestiegen, heftige Unwetter, bis hin zu Sandstürmen, überlebt und mit wilden Tieren gekämpft und unentwegt palavernde Flightpartner ausgehalten haben. Nach derlei bestandenen

Abenteuern muss es nicht nur vorzüglich schmecken; es muss auch ausreichend Vorrat vorhanden sein. Versteht sich.

Wenn die Wochenend-Großkampftage dann überstanden sind und der Montag zur Regeneration genutzt werden konnte und nicht gleich wieder an die Logistik für das kommende Großereignis verloren geht macht sich der Chef, nennen wir ihn Ludwig, daran sich an den Wochentagen den persönlichen Vorlieben seiner Stammgäste zu widmen. Da sind diejenigen unter uns, die aus welchen Gründen auch immer singen:

> *„Heute bleibt unsere Küche kalt,*
> *gehen wir heut zum Ludwig halt"*

Was machten wir ohne Chefs wie Ludwig?

Die Golfer. Eine Klassengesellschaft.

„Golfer sind eine Klasse für sich" (Ulf Bogy)

„Wer behauptet, dass Deutschland eine Klassengesellschaft sei, muss eine ziemlich verzerrte Wahrnehmung der Realität haben. Wer hat in Deutschland denn die Macht und das Sagen? Wer sitzt in Bundesregierung, Bundestag und in den Landesparlamenten? Weder gibt es Dynastien, noch wird Deutschland von den Reichen oder irgendwelchen dubiosen Eliten regiert. Im Gegenteil: Während in der Vergangenheit Reichtum und Macht auf das Engste miteinander verknüpft waren, setzt sich die politische Klasse der Bundesrepublik heutzutage gerade nicht aus den materiell besser gestellten Schichten, geschweige denn Reichen, zusammen."[15] Auch Angela Merkel gehört ja seit dem November 2016 zum Volk. Sagt sie.

Das trifft nach dieser Definition auch auf den Golfsport zu. Die meisten Mitglieder der Vereine des Deutschen Golfverbandes haben bürgerliche Berufe erlernt und gehören der Mittelschicht an. Sie sind häufig selbständig, in Leitungsfunktionen der Wirtschaft oder im öffentlichen Dienst beschäftigt, arbeiten als Beamte oder Lehrpersonal - bevorzugt an

---

[15] Thomas Straubhaar | Veröffentlicht am 21.02.2013 in N24 Welt

Hochschulen, einige kommen aus Wissenschaft und Forschung. Jugendliche, Studenten sowie Rentner und Pensionäre sorgen für eine gesellschaftliche Durchmischung der Clubs.

Die Spielgebühren waren im Verhältnis zu den verfügbaren Einkommen noch niemals so niedrig wie heute. Die Preise für Golfclubmitgliedschaften sind in den vergangenen 25 Jahren weniger stark gestiegen als die Kosten für Strom oder Mieten. Fakt ist also, dass die Teilnahme am golferischen Treiben in diesem Land zu dieser Zeit genauso erschwinglich und möglich ist wie in England, in Schweden oder in den USA.

So gesehen ist Golf inzwischen klassenlos.

Andererseits habe ich schon in der Unterprima gelernt, dass es die Sichtweise von Karl Marx des Erfinders des Begriffs von der Klassengesellschaft ist, dass jede Gesellschaft, solange sie noch nicht eine klassenlose Gesellschaft ist, durch den unversöhnlichen Interessengegensatz verschiedener Klassen geprägt ist. Nach dieser Definition trifft der Begriff dann doch auf die Schar der Golf spielenden Bevölkerung zu. Wenn man nämlich die Gemeinschaft der Golfer einmal als eigenes Universum oder als „Golfgesellschaft" betrachtet.

Denn die Voraussetzungen, um in einer Gesellschaft eine Diskussion über den Klassenbegriff führen zu können liegen hier ohne Zweifel vor. Zum einen herrschen in einem Golfclub unterschiedliche Wohlstandsniveaus. Es gibt Teile der Golfgesellschaft, die gegenüber anderen Teilen deutliche Vorzüge – oder auch Privilegien – genießen. In der modernen Golf-Gesellschaft haben wir uns daran gewöhnt, solcherlei Wohlstandsniveaus vor allem über den Vermögensumfang oder aber das Handicap eines Mitgliedes zu definieren und nicht beispielsweise über altruistisches Verhalten, künstlerische Kreativität oder die Intelligenz eines mit einem unmöglichen Schwung ausgestatteten Spielers mit geschicktem Course Management und sicheren Putts respektable Ergebnisse zu erzielen (um nur drei Möglichkeiten zu nennen). Grundlage sind folglich die monetären, in monetäre Mittel umwandelbaren Besitzstände oder das Talent oder die verfügbare Zeit des Individuums. Als Weiterführung der mittlerweile historisch überholten Vorstellungen des Karl Marx hätten wir in den Golfgesellschaften als Folge hochentwickelter Industriestaaten demnach heute eine Gesellschaft, die aus diversen Klassen bestünde. Jeder der sich aber Mühe gibt wird die verschiedenen Klassen auf dem Golfgelände unterscheiden können und wird zu ähnlichen Beschreibungen kommen wie ich sie im Folgenden ohne Anspruch auf Vollständigkeit und Wahrheit vornehmen will.

Herrengolfer. Die Herren Golfer.

„18 Löcher Matchplay werden Ihnen über Gegner mehr sagen, als 19 Jahre gemeinsamer Arbeit am Schreibtisch"[16]

Der ersten sehr einfachen Definition zur Folge sind alle Männer auf diesem Planeten, die schon oder noch geschlechtsreif sind und irgendwie den Golfschläger schwingen und den Ball inmitten des Grüns in ein kleines Loch befördern Herrengolfer. Dabei steht den Männern mit dem sogenannten Amateurstatus allein der Begriff des Herrengolfers zu. Dies ist zweifelsohne ein zweifelhaftes Prädikat, obwohl sie sich in der Mehrheit befinden. Die Herren mit dem Amateurstatut waren und sind traditionell zwar die „Gentlemen-Golfer". Professionals hingegen durften in früheren Zeiten nicht einmal das Clubhaus betreten, verdienten dennoch mit dem schönen Spiel oder der Vermittlung der Schwungkünste mehr schlecht als recht ihren Lebensunterhalt. Das Ansehen hat sich auf beiden Seiten inzwischen grundlegend gewandelt. Die Herzen der Frauen fliegen den Professionals zu. Insbesondere den Siegern unter ihnen. Das mag auch daran liegen, dass sich die Manieren und die Künste des Flirtens der Gentlemen

---

[16] Grantland Rice

nicht zum Besten entwickelt haben. Den Professionals wenden wir uns in einem weiteren Kapitel zu, so bleiben wir hier bei den Herren Amateuren.

Zunächst muss ich feststellen, dass nicht alle Herren wirklich in die Community aufgenommen werden. Gewisse Mindeststandards werden erwartet wie etwa beim Golfclub Sankt Urbanus: „Das Tragen von Jeans ist auf unserer Anlage grundsätzlich gestattet, wenn sie dem Charakter durchschnittlicher Hosen ähneln. Nicht erwünscht sind Hosen in ¾-Länge, Hosen mit Löchern, starkem Auswaschungsgrad, Flickenbesatz oder Ausfransungen. Ähnliches gilt für Jeansjacken, wobei wir darauf hinweisen wollen, dass Jeansjacken zur Ausübung des Golfsports generell ungeeignet sind. Sport-, Freizeit- und Jogginganzüge entsprechen ebenfalls nicht der Etikette."[17]

All diese nach dieser vordergründig korrekten Mode-Maßgabe verbleibenden Herren Amateure lassen sich nach den durch die Ligaoberen vorgegebenen immer wieder einmal wechselnden Systeme klassifizieren, die auf den einschlägigen Internetforen der deutschen Golfverbände abgerufen werden können, aber auch nach den für die Werbeindustrie

---

[17] Etikette der Golfanlage Sankt Urbanus, Köln (Anm. des Autors: Es entbehrt nicht einer gewissen Ironie, dass ausgerechnet in der Jecken- und Silvesterstadt Köln derart strenge Regeln vorherrschen sollen.)

geeigneten, so genannten Zielgruppensystemen. Dabei unterscheidet die Werbeindustrie ziemlich grob und wesentlich unklarer als dies angesichts der großen Individualität der Golfer vonnöten wäre. Allerdings sehe ich ein, dass eine gewisse strukturelle Fokussierung bei lediglich 640.000 potenziellen Kunden, welche vor allem für überflüssige Luxusgüter gewonnen werden sollen aus Gründen der Effizienz und der Übersichtlichkeit totalen Sinn macht. Dennoch sollen hier eingangs, bevor ich mich gemeinsam mit Ihnen spezielleren Unterarten des Homo Golfericus zuwende die bahnbrechenden wichtigen Erkenntnisse der Marktforscher und Vermarktungsgenies nicht unerwähnt bleiben. Geben sie doch speziell den Anlage- und Autoverkäufern, Juwelieren und Versicherungsvertretern unter den Herrengolfern wichtige Aufschlüsse über uns, an wen und wie sie ihre Waren und Dienstleistungen am besten verhökern können.

Zielgruppe 1:

Für den **Performer** ist Golf sein Leben und er verbringt möglichst jede freie Minute auf dem Golfplatz. Er hält sich lieber im Rough auf als im Büro. Jeder Schlag wird höchst konzentriert ausgeführt und am liebsten will er gerne jede Runde gewinnen. ➔ Er ist ein gern gesehener Gast beim Teaching Pro, im Fitting-Zentrum und empfänglich für die Ansprache eines Verkäufers aus den Häusern Porsche, Jaguar, Ferrari und empfängt gerne den Generalvertreter der Allianzversicherung.

Zielgruppe 2:

Dem **Ambitionierten** ist Golf zwar ein wichtiges Anliegen, aber es ist nicht lebensnotwendig. Es ist seine Lieblings-Freizeitbeschäftigung, bei der er sich Schlag um Schlag verbessern möchte. ➔ Auch ihn sieht man regelmäßig beim Pro aber ihm reicht ein fahrbarer Untersatz der Marken Audi, BMW, oder Mercedes und eine Ergo-Versicherung. Seine Golfausrüstung ist überdurchschnittlich gepflegt und niemals älter als 10 Jahre.

Zielgruppe 3:

Für den **Genießer** ist Golf eine willkommene Abwechslung zum Alltag. Er genießt die Zeit in der freien Natur und nimmt ab und an auch an einem Turnier teil. Es sollte aber möglichst nicht vorgabewirksam sein und einen besonderen sozialen Charakter haben oder mit einem kulturellen oder kulinarischen Abschluss gekrönt sein. Der Pro bekommt ihn selten und wenn dann nur zum Handshake auf dem Parkplatz zu Gesicht. Da er auch ein bisschen sentimental ist, liebt er seine Schläger und sein Bag zu Tode. Die Automarke ist ihm reichlich egal, Hauptsache das Teil ist umweltfreundlich und erfüllt weitere Aufgaben als nur den Transport der Golftasche. Seine Versicherungen schließt er online ab. Ein erlesenes Angebot von guten Rotweinen im Pro Shop würde er aber durchaus begrüßen.

Zielgruppe 4:

„Bei schönem Wetter spielt der **Individualist** gerne mal eine Runde als Ausgleich zum Job. Ob gute oder schlechte Ergebnisse, Hauptsache er hat S p a ß."

Mit dem Pro spielt er nur, wenn der gute Witze erzählen kann und die Schwungtechnik eigentlich egal ist. Das Auto ist oben offen, offroad oder offlimits wobei die Marke keine Rolle spielt. Versichert hat er nichts, denn dann würde er daran erinnert, dass der S p a ß eines Tages aufhört. Er sucht zuweilen vor dem 1. Abschlag im Pro-Shop oder in der Gastronomie nach dem Leckerli für seinen treuen Begleiter.

Nach all meinen Golf-Erfahrungen aus den letzten Jahrzehnten und vor allem aus den Beobachtungen der letzten sieben Jahre finde ich diese Einteilungen der Werbestrategen einerseits tatsächlich zutreffend, andererseits fahrlässig grob. Den Herren und Damen Werbern scheinen bei ihrer wichtigen Arbeit einige grundlegende Details entgangen zu sein.

Ich bin deshalb – sie mögen mir verzeihen - so überheblich und eröffne in der Folge weitere Blickwinkel. Welche Rückschlüsse sich dabei auf die für die Werbeindustrie wichtigen Einstellungsparameter, das jeweilige Konsumverhalten sowie die notwendige Kommunikation in die jeweiligen Zielgruppen ableiten lassen könnten will ich aber lieber den Experten Verführungsindustrie überlassen. Vor allem weil für das Vergnügen diese Zeilen zu lesen dann das Mehrfache des von ihnen für dieses Buch bereit gestellten Betrages fällig gewesen wäre.

Single-Handicapper. Und die, die es werden wollen.

"Es gibt drei Wege sein Handicap zu verbessern: Stunden nehmen, mehr üben oder schummeln."[18]

Mit diesem Kapitel kommen wir zu einem zentralen Thema des Golfens. Dem Handicap. Damit ist nicht etwa eine Behinderung wie Taubheit oder Blindheit gemeint. Obwohl es wünschenswert wäre, dass so mancher Golfer besser hören oder sehen würde. Mit dem Golfhandicap wird die ungefähre Spielstärke eines Golfers beschrieben. Ganz einfach gesagt drückt das Handicap die Differenz der Schläge, welche der Golfer zum Beenden einer normalen Platzrunde benötigt und der Spielvorgabe (Par, in der Regel 72) aus. Verschieden hohe Handicaps können gegeneinander aufgerechnet werden, so dass ein Wettbewerb „auf Augenhöhe" auch zwischen Golfern unterschiedlicher Spielstärke möglich wird. Dieses so genannte Nettospiel ist aber „nur" das Golf der Amateure. Die Könner-Liga und damit richtiges Golfen beginnt erst mit einem Handicap, dass kleiner ist als 10,0. In dieser Liga spielt man auch schon oft und gern das Brutto-Zählspiel.

---

[18] Anonymus

Wenn eines feststeht, dann das: Nur mit einem Single Handicap bist Du ein echter Golfer. Dass bedeutet mit der Vorgabe 9,9 bist Du einfach ein besserer Golfmensch als mit einer 10,0. Das ist wie der Unterschied zwischen 1. und 2. Fußballbundesliga. Ein unaufhebbarer Klassenunterschied. Ein wesentlich gravierenderer Unterschied als der zwischen der Fußball-Landesliga und den Bezirksligen. Analog also der zwischen Handicap 10,0 und dem der Spielberechtigung von 54,0. Weil es dir zum Beispiel mit einem Handicap von 13,2 immer noch passieren kann eine 122er Runde zusammen zu stöpseln, so wie das kürzlich meinem Freund Peer passiert ist. An solch einem rabenrabenschwarzen Tag, der in die Annalen unseres Landclubs eingehen wird und mit dem Peer bis ans Lebensende vor jedem wichtigen Spiel erinnert werden wird, kann dann der grüne Rabbit mit seiner 54, wenn er einen normalen Tag hat auch schon mithalten. Solche Schmach würde einem Singlehandicapper niemals mehr zustoßen.

Der Singlehandicapper ist auf der sportlichen Ebene nämlich so etwas wie ein weißer Hirsch. Er wird gesucht, gefunden und ohne Wenn und Aber bewundert. Von allen Seiten für sein Spiel. Für seinen schönen Schwung. Sein vollendetes Ballgefühl. Seine Sportlichkeit, sein Lebensstil, seinen wundervollen Charakter. Auch wenn Mann oder Frau noch nie mit ihm auf der Runde war. Bestes Beispiel, dass man sich hier in mancherlei Beziehung ziemlich täuschen kann ist der US-amerikanische Profigolfer John Daly. Hier einer seiner bekannten Sprüche im Zusammenhang mit seinen Gewichtsproblemen:

> *"Früher war ich gewohnt, beim Putten meine Ellbogen an meinen Bauch anzulehnen - das klappte prima. Jetzt weiß ich nicht mehr wohin damit."*

Daly, zweifacher Major Sieger, bekannt für seine langen Abschläge, Spitzname "Long John", war mehr als einmal alkoholsüchtig und machte mehrere Entziehungskuren. Daneben ist er spielsüchtig, eigenen Angaben zufolge verspielte er bisher 50 bis 60 Mio. US$. Wahrscheinlich in Casinos von Herrn Trump. Man kann also sagen, John Daly hat einen guten Teil des Wahlkampfes von Mister President-elect 2017 mitfinanziert.

Lee Trevino, ein anderer berühmter Golfer und sechsfacher Major Sieger, hatte angeblich einen unmöglichen Schwung.

Was ich sagen will, ist: Man kann sich ziemlich täuschen in der Annahme, dass Singlehandicapper besondere Menschen sind, wenn das schon bei begnadeten Profis nicht immer in der vollendeten Form sicher gestellt ist.

Dennoch möchte jeder, der nicht zu den Freizeitlern, Spaziergängern oder Hundeführern unter den Golfern gehört oder nicht älter ist als um die 60 Jahre gerne in die exklusive Equipe der vom Golfgott Auserwählten aufsteigen. Eben wegen der Bewunderung und wegen des schicken Ausweises des deutschen Golfverbandes mit dem eingravierten Genialitätsnachweis, der bei jeder Buchung mächtig Eindruck macht.

Der Weg zum einstelligen Handicap ist jedoch unter normalen Bedingungen ziemlich steinig. Noch nicht mal 5% der deutschen Golfer schaffen es dem Papier nach – hiermit ist das sogenannte Stammblatt gemeint – in diesen golferischen Vorolymp. Es wird immer schwieriger je näher du dich der Schallmauer von 10,0 näherst. Mal ist der Schwung nicht rund. Mal fallen die Putts nicht. Mal hattest du keine Zeit für ordentliche Trainings und Skills. Mal musstest du mit deinem nicht allerbesten Golffreund spielen. In Zeiten strenger Auswahlverfahren, ursprünglicher Regeln aus dem 20. Jahrhundert und ordentlicher Turnieraufstellung waren die Möglichkeiten das Handicap zu verbessern noch einigermaßen begrenzt. Neben einem beständigem Training, viel Sozialarbeit mit deinem Not leidenden Teaching-Pro und vielen, vielen Turnerteilnahmen mit ebenfalls beständigen Runden gab es bis ungefähr zur Jahrtausendwende nur wenige zusätzliche Möglichkeiten das Handicap zu verbessern. Zusätzliche Nachhilfe bestand vor allem darin, dass man großzügig spendierte. Gerne bei so genannten Charity-Turnieren. Darin liegt sicher der Grund warum ausgerechnet so viele Prominente so tolle Handicaps für den bunten Blätterwald vorzeigen können. Es sollen auch Lichtgestalten darunter sein. Eine weitere Möglichkeit ist es, als Sport-Funktionär im Landes- oder Bundesverband tätig zu werden oder zahlreiche vorgabewirksame Turnier in solchen Ländern zu spielen, in denen nicht alles staatlich geregelt ist. Wie zum Beispiel in Italien.

Für diese Art ein Handicap zu verschönern war zumindest noch ein Opfer nötig.

Nachdem einige Herren Golf-Funktionäre des 21. Jahrhunderts aber beschlossen haben, Golf zum Breitensport zu erklären, mussten auch die Hürden für mehr Spaß am Spiel abgebaut werden. Zunächst erfand man zur Erheiterung der Golfer der Region Britannien – dort wo das Golfen erfunden wurde – den Stableford-Modus. Statt Schläge zu zählen werden Punkte gesammelt. Bogeygolfers Horrorergebnisse wie eine 10 auf einem Par 3 werden genauso bewertet wie eine 6. Nämlich mit 0 Punkten. Da trauten sich schon so manche auf den Platz, ins Turnier und an ihr Handicap. Auch wenn sie nicht richtig zählen können. Was an sich schon ein weiteres Handicap darstellt. Über vollkommen geöffnete Schleusen für wunschgemäß modifizierte Handicaps freuen wir uns aber erst seit kurzem: Vorgabewirksame Turniere über eine halbe Runde, deren Ergebnis auf eine ganze Runde hochgerechnet wird, Spielen in sogenannten Wunschflights oder neuerdings bei ganz intimen ExtraDayScore-Runden in denen schon mal Mulligans gespielt, Strafschläge vergessen oder besondere Erleichterungen in Anspruch genommen werden können, Bälle in Meter hoch verfilzten Graslandschaften oder unter 50 Zentimeter tiefen Laubschichten nach kurzer Suche gefunden werden und wie von Gottes Hand spielbar sind.

Am Ende ist die vom Golfgott auserwählte Truppe der echten Singlehandicapper also vermutlich noch viel kleiner als gedacht. Folglich muss man unterscheiden. Zwischen denen, die sich das Handicap hart erspielt haben und denen die es leicht erspielt haben. Die eine Gruppe ist mächtig ehrgeizig, sportlich, fair und fordert sich laufend zum regulären Wettbewerb. Tingelt von Dorf zu Dorf, spielt Turnier um Turnier. Und zwar vorwiegend solche, die im Zählspielmodus ausgetragen werden. Sie schonen sich nicht. Und auch nicht ihr Handicap. Die Singles der zweiten Gruppe sind die, die Zählspiele meiden wie der Teufel das Weihwasser, die mir als Bogeygolfer schon beim ersten Abschlag des vorgabewirksamen Stableford-Spiels oder im Lochspiel erklären wie schön es wäre mal wieder ein Handicap von 18 zu haben. Das sind die mit denen ich am liebsten zocke.

Was ich schlussendlich an Erfahrung weiter geben kann ist, dass ein einstelliges Handicap also nicht nur mit Vorteilen verbunden ist. Man kann unangenehm auffallen, viel Geld beim Zocken verlieren oder sein Handicap und damit die Bewunderung der schönen Frauen.

Und das alles nachdem man – was inzwischen in manchem Landclub mit Teichanlagen zur Unsitte geworden ist – eine Handicap-Taufe in einem modrigen Golfhindernis über sich ergehen lassen musste.

„Wenn man darüber nachdenkt, welche menschlichen Eigenschaften beim Golf gefragt sind, wundert man sich nicht, dass es niemals einen wirklich großartigen Golfspieler gab, der nicht auch als Mensch von außergewöhnlichem Charakter gewesen wäre."[19]

---

[19] *Frank D. Sandy Tutam jr.*

Mid-Amateure. Immer mitten drin.

„Gehört er zu den Golfern, die nach jeder Runde jedem Menschen jeden Schlag erzählen oder gehört er zu den anderen? – Zu welchen anderen ….?"[20]

Die sogenannten Mid-Amateure, Mid-Amateurinnen eingeschlossen, stellen wahrscheinlich die bedeutendste Gruppe unter den Golfern dar. Zumindest zahlenmäßig und auch nach ihrer dominanten Präsenz auf den Golfanlagen des Landes.

Wie der Begriff Mid-Amateur vermutlich umschreiben soll handelt es sich um einen Kreis von Spielern und Spielerinnen, die mitten im Leben stehen. Also im besten Alter sind zwischen gerade erwachsen und Rentenstand. Vor einiger Zeit nannte man sie noch meiner Ansicht nach zutreffender Jung-Senioren. Aber dies ist unter Vermarktungsgesichtspunkten sicher ein ganz schwacher Begriff. Zumal der tätige und für solch wichtige Fragen zuständige Funktionär das Alter der betreffenden Gruppe aus welchem Grund auch inzwischen auf 30 Jahre reduziert hat. Warum eigentlich nicht 37? Oder 39? Jemand der 30 Jahre alt ist muss nach aktueller Gesetzeslage noch 34-37 Jahre arbeiten, hat also noch nicht einmal ¼

---

[20] Bernhard von Limburger, deutscher Golfarchitekt

seiner beruflichen Laufbahn hinter sich. Bei der heutigen Lebenserwartung hat er sogar noch lange nicht einmal die Hälfte seines Lebens hinter sich gebracht. Und Golfen ist doch ein Lifetime-Sport. Wieso ist dieser Golfer dann eigentlich ein „Mid"? Das haben sich die Funktionäre wohl auch gefragt, weshalb sie neuerdings auch lieber die AK 30 an den Start gehen lassen. Irgendwie ist dieser wichtige Golfertypus also nicht wirklich einzuordnen. Denn der Mid-Amateur befindet sich nicht nur altersmäßig nicht in der Mitte sondern auch anderweitig irgendwo dazwischen aber meistens nicht in der Mitte. Nur politisch vielleicht. Ein anderer Erklärungsansatz: Rein golftechnisch gesehen - und das ist vielleicht die zentrale Maßgabe - steht diese Fraktion golferisch überwiegend zwischen dem Freizeitgolfer und dem Singlehandicapper. Obwohl er eigentlich doch gerne ebenso ein echter Singlehandicapper wäre. So wie Hans, Heino, Jürgen, Paul, Peer, Pit, Rolf oder Wolf. Eigentlich wären Mids, wie man sie gerne liebkost, auch gerne Herrengolfer. Mids sind aber viel besser zu bezeichnen mit dem Begriff Kerle. Natürlich echte Kerle, aber eben solche mit vergleichsweise hohen Handicaps und zuweilen mit ziemlich ungesunder Lebensweise. Sie rauchen in der frischen Luft. Sie trinken Bier, Wein und sonstige Spirituosen. Manches Mal sogar auf der Runde. Noch vor ein paar Tagen erlebte ich einen Herren im Flight, der sich auf Runde aus lauter Freude über ein Bogey einen Gin-Tonic inklusive Gurkenscheibe an Grün 13 mixte. Nur die Sache mit dem Eis schien bei 36° Celsius ein wenig schwierig. Hier sind also noch kreative Geschäftsideen gefragt. Im Clubhaus angekommen stürzen sie sich auf Fleisch und Fisch wie ausgehungerte Krieger Und zeigen auch sonst zuweilen seltsame Eigenschaften und Vorlieben. Dazu später mehr. Es sind genau die Sorte Golfer, welche altersbedingt eben auch irgendwie auf der einen Seite zwischen den oft hohen Anforderungen für ihren Beruf und auf der anderen dem Bedarf nach einem hohen Trainingsaufwand für ein richtig gutes Spiel stehen. Sie sind somit die andere Bezeichnung für den typischen Durchschnittsgolfer, auf die folgende Beschreibungen von bereits toten oder noch lebenden auf jeden Fall legendären Golfgrößen oder Golfkennern allesamt zutreffen:

Der Durchschnittsgolfer trifft, wenn er Glück hat, auf einer Runde acht- oder zehnmal richtig. Alle anderen Schläge sind brauchbare Fehlschläge." (Tommy Armour)

Das Spiel der Männer ist spektakulärer, weil der größere Krafteinsatz auch größere Katastrophen mit sich bringt (Bob Verdi)

Sie verbringen so viel Zeit im Wald oder den tiefen Roughs, dass sie wissen welche Pflanzen essbar sind (frei nach Lee Trevino).

Mid-Amateure sind also die Golfer schlechthin. Kommen die doch auch aus der Mitte der Gesellschaft. Sie sind in ihren Berufen zumeist ebensolche Individualisten wie im Sport. Bäcker, Berater aller Art, Designer, Fachärzte aller Richtungen, Friseure, Juweliere, Metzger, Rechtsanwälte, Steuerberater, Unternehmer aller Art, Wirtschaftsprüfer, Werbeschaffende und andere Lebenskünstler. Aber auch Führungskräfte finden sich. Beamte des abgehobenen Dienstes. Sozialarbeiter dagegen selten.

Vermutlich sind viele Golfer schlecht versichert. Oder womit kann man erklären, dass auch zahlreiche Versicherungsagenten den Platz dicht besiedeln und eine Party nach der anderen mit mittelmäßigem Essen und unnützen Preisen schmeißen?

Wie die ganze zivilisierte Welt sind Mid-Amateure an sämtlichen Sportarten genauso interessiert wie an gutem Essen, erlesenen Weinen und standesgemäßen fahrbaren Untersätzen. Weshalb sich auch zahlreiche gerade hippe Gastronomen, Weinverleger und Autoverkäufer nobler Marken unter sie mischen. Manches Mal sind sie sogar als Golf-Amateurin verkleidet. Ob die Geschäfte der Damen auf dem Golfplatz aber besser funktionieren als bei den männlichen Kollegen ist mir nicht berichtet worden. Der große Haufen der Mid-Individuen schafft aber etwas, was sonst nur im Mannschaftssport gelingt. Es entstehen zuweilen organische Gruppengefüge, deren Höhepunkt in unserer durchdigitalisierten Welt die Einrichtung einer WhatsApp-Gruppe ist. Zum Beispiel darin unterscheiden sich die Mids noch deutlich von den echten Senioren, die bei weitem weniger fortschrittsgläubig und technikaffin sind.

Eben diese fortschrittliche Kommunikationstechnik erlaubt es den Mids sich in einer meistens virtuellen Mannschaft gut aufgehoben zu fühlen und dort ihren geheimen Sehnsüchte, ihre Träume auszutauschen. Es handelt sich natürlich vor allem um die Sehnsucht endlich eine gute Runde Golf zu spielen oder zumindest eine bessere als der Golfkumpan. Gerne muntert Peer seine Kameraden am Vorabend mal mit Sprüchen auf wie diesem:

> *„Ulf, Du brauchst morgen Deinen Putter nicht mitbringen. – Wir spielen Stableford."*

Es werden wohlmeinende Tipps für den nächsten Steuerberater, für die besten Geldverbrennungsmöglichkeiten, für die beste Autoreparatur, für die Wohnungssuche nach der Scheidung, für die bessere Erziehung der pubertierenden Söhne und natürlich für die leckersten selbstgekochten fünf-Gänge-Menüs ausgetauscht. Zu Weihnachten fragt man sich gegenseitig, was man sich wünschen oder der nächsten Geliebten schenken soll.

Aber auch die ganze Bandbreite manisch-depressiver Gemütslagen nach schlaflosen Nächten oder nach durchzechten Nächten wird zuweilen ausgespielt. So postet unser Freund Paul jeden Morgen mit der Zuverlässigkeit des Verkehrsfunks noch vor dem Frühstück gespielte Witze, Comedys oder Lebensweisheiten wie diese hier am 18. Oktober, gegen 7.15 Uhr:

> *„Ich habe mir gesagt: Kevin, ab sofort trinkst Du keinen Alkohol mehr! - Zum Glück heiße ich nicht Kevin."*

Weswegen Paul vermutlich seit Wochen auch die Putt-Linie nicht mehr klar sieht. Heino kann sogleich einen solchen draufsetzen, der manches Mannschaftsmitglied noch vor dem Elfer-Seidele oder Mittagsviertel zum Grübeln zwingt:

> *„Habe gelesen, dass jedes Bier, das man trinkt, das Leben um neun Minuten verkürzt. - Habe mal nachgerechnet. Ich bin schon anno 1624 verstorben."*

Na ausgezeichnet. Ein munteres Spielchen beginnt, bevor die Mannschaftsmitglieder nach den ersten

Lachern des Tages endlich beschwingt ihr wahres Tagwerk beginnen können.

Es vergeht kaum ein Tag ohne ein solches soziales Zusammengehörigkeitsritual. Echte Freunde kann ja bekanntlich niemand trennen. Auch nicht außerhalb der grünen Saison. An stürmischen Herbsttagen genauso wenig wie an solchen an denen an Golfen überhaupt nicht zu denken ist. Also auch nicht an den nächsten Flight, das nächste Lochspiel, die nächste Zockerei. Selbst an friedlichen Feiertagen wie Weihnachten schaffen es die Zoten und sogenannte Herrenwitze vorbei an der Zensur der noch gut erzogenen, immer etwas streng dreinblickenden Seniorinnen des etikettierten 80erJahre-Golfs auf der Sonnenterasse, der manchmal nichts ahnenden Ehefrau oder vorbei an der offiziellen, auch auf die Etikette bedachte Spielleitung. Hier ein harmloses Exemplar von Martin:

> *„Schatz, du warst doch letztes Jahr in der Schweiz zum Forellen angeln!"- „Ja, warum?"- Eine von deinen Forellen hat gerade angerufen, sie laicht bald!"*

Könnten sie mitlesen, würde es selbst den Sexisten Brüderle und Trump hier und dort noch die Schamesröte auf die chauvinistischen Männerwangen treiben angesichts diverser frauenfeindlicher Ausfälle und softpornografischer Orgien. Wären grüngefärbte Weltverbesserer unter manchen WhatsApp-Mid-Mannschaften, würde der deutsche Justizminister sicher nicht nur mit Herrn Zuckerberg ernste Diskussionen führen. Als Bundespräsident kommt wohl keiner der mir bekannten 368 Mid-Amateure in Frage. Als amerikanischer Präsident schon eher. Ulrich nach der US-amerikanischen Präsidentenwahl 2016:

„Skandal: Immobilienmogul schmeißt schwarze Familie raus." (Anm. für Leser im Jahr 2030: US Wahl 2016 Trump/Obama)

Was ihr seht ist, dass es verweichlichte ehemalige Schachspieler in einer solchen Gruppe schwer haben würden. Weshalb nach Mid-Amateur-Runden auch kein Schach gespielt wird. Und weshalb verständlich wird, warum die verbandsoberen Männer den vor einigen Jahren die Geschlechter gleichstellenden Versuch Mid-Amateure und Mid-Amateurinnen gemeinsam in einer Liga und in den Mannschaften spielen zu lassen wieder aufgegeben haben.

Senioren und Seniorinnen. Jeder Schlag zählt.

Golf ist keine Frage von Leben und Tod. Es ist viel ernster (unbekannt)

Wie im ganz normalen Leben begegnen uns auch auf dem Golfplatz zahlreiche Menschen, die man heutzutage mit dem Begriff Senioren bezeichnet. Dieser Begriff ist wie wir wissen ziemlich dehnbar. Bei Senioren auf dem Golfplatz handelt es sich aber definitiv nicht um Bewohner von Seniorenheimen. Außer man würde bereits ein Clubheim, wie das stattliche Clubhaus des Golfclub Hengbach, dem Heimatclub von Otto Scholl[21], als Seniorenheim bezeichnen wollen. Da diese aber daneben auch von Jugendlichen, Studenten und vor allen Dingen von Mid-Amateuren und schönen Damen frequentiert werden, verbietet sich diese Bezeichnung auf das aller Schärfste. Die Golfplatzsenioren sind auch beileibe noch keine Pflegefälle. Auch wenn der eine oder andere beim Laufen über die langen Bahnen eine vornehme Gehhilfe, nämlich ein inzwischen sehr trendiges Elektroauto, das so genannte Golf Car, in Anspruch nimmt und mit diesem schnittigen Gefährt manch fußläufigem Flight auf der Runde Angst und

---

[21] siehe auch Ulf Bogy „Ein Denkmal für Otto Scholl" erschienen 2015, ISBN 9-783-738-613-902

Schrecken einjagt. Denn speziell im topografisch anspruchsvollen Gelände unterläuft älteren, bereits etwas betagten und gleichsam bereits führerscheinlosen Herrschaften der eine oder andere Fahrfehler. Es kommt speziell in steilen, abschüssigen Geländepassagen hin und wieder zur Verwechslung von Brems- und Gaspedal und das Fahrzeug fährt zwar nicht in eine Schaufensterscheibe eines Juweliergeschäftes wie neulich in Neuperlach, aber es schießt so dann und wann entweder mit oder ohne Besatzung über die grünen Bahnen. Gott sei Dank wird die unkontrollierte Fahrt zumeist in den vom Platzarchitekten strategisch klug geplanten und platzierten Bunkern und Wasserhindernissen beendet und findet in der Regel und glücklicherweise ein unblutiges Ende ohne weitere Kollateralschäden.

Soweit so gut. Die Anzahl dieser Seniorenart ist auf den Plätzen inzwischen überschaubar und man kann ihnen ja großräumig aus dem Wege gehen. Neuerdings bietet sich für Service orientierte Clubs zur Unterstützung dieser Zielgruppe mittels einer neuen digitalen Dienstleistungsapp begleitetes Fahren mit verkehrssicheren Studenten an, die gleichzeitig Zusatzservices als Caddy – also Ballsuche, Schlägerreinigung und Zufuhr von lebensnotwendiger Nahrung – übernehmen können. Falls gewünscht finden sie die hilfreichen Geister hier: www.flitz-student.de.

Dies war nun die Beschreibung des Senioren-Golfers so wie sich die breite Öffentlichkeit und der Satiriker ihn sich gerne vorstellen. In Wahrheit gibt es aber zwei Gruppen. Zumindest ist das meine Beobachtung. Da existieren die Supersenioren und die anderen Senioren. Bleiben wir zunächst bei den anderen Senioren. Nennen wir sie hier einfach mal Rentner & Pensionäre, kurz ReP's. Das sind die Golfer unter den Senioren, die tatsächlich aus dem beruflichen Wettkampf dieser Zeit ausgestiegen und die nicht mehr wirklich an ernsthaften sportlichen Auseinandersetzungen interessiert sind. Es sind die „anderen" Golfer. Sie sind schon weit entfernt vom Imponiergehabe des Mid-Amateurs oder des aufstrebenden Studenten. ReP's sind solche, die unterwegs zum nächsten Schlag andere Fragen diskutieren als die des perfekten Golfschwungs, der korrekt ausgelegten Regel oder der makellosen Etikette auf dem Platz. Sie erzählen sich mittlerweile auch keine Herrenwitze mehr auf der Runde. Meistens schweigen sie. Sie sind die tolerantesten Golfer unter der Sonne. Sie lassen alles über sich ergehen. Viererputts. Froschlöffelschläge. Und sie lassen sich sogar überholen. Sofern eine von der Sonne beschienene Bank in der Nähe ist. Sie treffen den Ball noch weitaus seltener als es sich rein technisch gesehen gehören würde. Ihnen ist es auch vollkommen gleichgültig, wenn die Fahnenposition wochenlang vollkommen unverändert bleibt. Dafür treffen sie sich regelmäßig ab und an bei allen Wetterlagen und genießen gemeinsam den neuen Tag den sie noch erleben dürfen. Die ReP's besuchen in friedlicher Absicht andere Golfvölker, um zu prüfen ob es anderen Communities ähnlich ergeht wie ihrer eigenen. Für diese Verabredungen nutzen die ReP's in diesen Zeiten noch häufig das analoge Telefon. Analog? Digital? Egal! Es sind die Golfer mit dem größten Lebens-Erfahrungsschatz auf die der Satz Bernhard Langers besonders gut zutrifft:

> *„Wenn ich mich über einen Dreiputt aufrege, trete ich einen Schritt zurück und erinnere mich daran, dass es wichtigere Dinge auf der Welt gibt als Golf."*

Soweit zu dem Abgeklärten, der verwandt ist mit dem Genießer und dem Individualisten. Und damit nun zu der anderen Art der Gattung Golfsenior. Zu den Supersenioren. Das sind die Frauen und Männer unter den Senioren, die noch nicht glauben, dass sie wirklich zu den Senioren gehören. Das sind die, die sich wehren. Gegen das Alter, Allah und Gott. Sie spielen an gegen das Unvermeidliche. Das steigende Handicap. Die unerreichbare 9,9. Sie spielen überall mit: Herren, Damen, Mid´s. Zählspiel, Stableford, Vierer, Matchplay. Sind sich für Nichts zu schade.

Ehrgeizig auf der Jagd nach dem Sieg. Über den Platz, über den Freund, über sich selbst. Verschworene Haufen echter Silberrückengolfer, eine in die Jahre gekommenen Mischung aus Ambitionierten und Performern, die seit Jahren eine wichtige Rolle für die „Besiedlung" des jeweiligen Heimatplatzes spielen, organisieren regelmäßig Überlebenscamps in den Bergen oder sonst wo an unmöglichen Orten. Ich nenne diese Gruppe gerne die Superseniorengolfer (SuSeGo´s). Sie treffen sich in konspirativen Gruppen irgendwo im Nirgendwo. Abseits der Zivilisation zum ultimativen Golfen. Erinnern sie sich noch an den Film „La Grand Bouffe"[22]? Bei diesen radikalen Golfern geht es nach Abschluss der Saison in ähnlicher Manier noch einmal um das um das „Große Golfen". Es geht nicht um rechts oder links. Es geht vielmehr um Slice oder Draw. Es geht um einen ganz speziellen Marathon. Es geht um die Ehre. Es geht um das Alter. Noch einmal um das Leben.

Meistens gut ausreichend betuchte Herren treffen sich zum Beispiel zum zehn-tägigen Supersenioren-Golf-Extrem-Event im rechtspopulistischen Österreich. Spartanische Unterkunft. Keine Zentralheizung. Kalte Duschen. Täglich um sieben ein karges Bauern-Frühstück, Anfahrt auf wechselnde Plätze im schönen Land, sechsunddreißig Löcher an

---

[22] Franz.: Das große Fressen

jedem Tag. Bei jedem Wetter, nur von einer kleinen Pause unterbrochen. Strenge Regeln. Mehrfachwertung, Sidegames.

Rückfahrt zur Futterstation. Individuelle Getränke, drei Gänge Hausmannskost. Rotwein, Steaks, Zigarren. Auswertung des Tages, Siegesgebrüll, Schlafen.

Ein Vorteil an dieser Härteprüfung ist: Nach etwa vier Tagen löst diese körperliche Herausforderung in Verbindung mit der Höhenluft und den eingeworfenen Medikamenten in den Körpern der Supersenioren extreme Glückshormon-Ausschüttungen aus. In diesen Momenten gelingt es manchem Abschlagenden in der Höhenluft noch einmal wieder seinen ganz persönlichen Longest Drive zu spielen.

Der zweite Vorteil ist: Der Fitnesstest für die kommende Saison ist bestanden. Oder auch nicht. Denn wenn die Gelenke, die Schleimbeutel und die Füße schmerzen wird es eng. Wer Schwäche zeigt spielt im nächsten Jahr bei den ReP's mit. Sorry, das will keiner. Super-Seniors Golferleben ist hart. Ich war auch schon mal dabei. Und mein Freund Rudi. Der ist nach der abgelaufenen Saison froh, dass sein Kardiologe ihm von der diesjährigen Reise abgeraten hat. Noch mal Glück gehabt. Worum es geht: Es ist der Kampf gegen das Unvermeidliche. Das aufsteigende Handicap im Golferalter. Die inzwischen für viele unerreichbare 9,9. Mit allen technischen und mentalen Raffinessen kämpfen sie dagegen an. Mit alltäglichen EDS-Runden. Der eine trägt die Tasche noch, der andere investiert in Digital-Carbon-Elektro-Caddy. High-Tech Putter. Jedes Jahr ein neuer Driver. Funktionskleidung, federleicht. Eine neue Frau vielleicht …

Das Schlimmste, was dem ultimativen Superseniorengolfer jedoch in den modernen Zeiten passieren kann ist aber noch nicht einmal eine suboptimale Golfausstattung in Form von Schlägern, Bällen, Caddies, Kleidung oder sogar der Verlust des nagelneuen Smart-Phones. Noch einmal die noch nicht vorhandene WhatsApp-Gruppe und damit der soziologiesierende Part der Digitalisierung. Es ist vielmehr die Vergesslichkeit. Aber hier wieder nicht die Vergesslichkeit an sich. Nur eines darf nie vergessen werden: Das Golfer Navi! Die Garmin-Uhr.

„Vergiss Deinen Schwung, aber niemals Deine Garmin".

Es ist als würde man dem Mann ohne Augenlicht seinen Blindenstock nehmen.

Damen. Auch Golfladies genannt.

"Fußball ist kein Frauensport. Wir werden uns mit dieser Angelegenheit nie ernsthaft beschäftigen." [23]

Was hat Golf der Damen mit Fußball zu tun? Das ist jetzt eine schwierige Frage. Vielleicht weil es bisher noch keine dokumentierten chauvinistischen Zitate aus der etikettierten männlichen Golferwelt über die Damen gibt?

In jedem Fall wird dies ein ganz schwieriges, ein fast unmögliches Kapitel für den Autor und möglicherweise eine gefühlt ziemlich frauenfeindliche Sequenz. Empfindliche Leserinnen dieses Buches sollten deshalb diesen kurzen Abschnitt lieber überspringen. Geld zurück Garantie besteht deshalb aber nicht.

Also Golf ist ganz sicher eine reines Männerspiel. Es wurde von Männern erfunden. Männer bauen die Männerspiel-Plätze. Männer mähen das Gras. Männer kriechen ins Unterholz. Männer tauchen nach versunkenen Schätzen in ballreichen Gewässern. Männer spielen um Geld oder Ehre. Um Leben oder Tod. Sie duellieren sich. Es ist und bleibt ein

---

[23] Dr. Peco Bauwens, DFB-Präsident von 1950-1962

Männerspiel. Davon bin ich überzeugt. Auch wenn sie irgendwann aus Versehen oder weil sie nicht wirklich ohne die Frauen (über-)leben können Damenabschläge in die Wiese gesteckt haben. Selbst dann, wenn unser Mid-Freund Horst unter der Woche immer mal wieder über seinen Schatten springt und mit seiner Herzensdame spielt, ihr hin und wieder sogar den Caddy macht. Im Grunde seines Herzens widerstrebt ihm das. Denn Golf ist genauso wie der heilige Fußball ein Kerle-Spiel. Nach dem Motto „No dog´s, no Ladies" warten in Deutschland schon lange einige Macho-dominierte Golfclubs darauf unter diesem Leitsatz mit eben diesem Alleinstellungsmerkmal aufzuwarten und endlich aus dem Gleichmachertal zu entkommen. Aber die heute wirksame Gleichstellungsmechanik einer Dame namens Emma und Frauenquoten verhindern das. Die Damen tun es. Sie spielen Golf. Und sie spielen das Spiel auf Frauenart. Sie spielen unser Männerspiel und einige sind dabei sogar ziemlich sportlich unterwegs, haben Spaß, genießen die frische Luft und die Sonne. Sie behaupten, Spaß miteinander zu haben, ohne Grimm und ohne Zähne fletschen. Sie lieben auch die Geselligkeit. Sie lachen gern. Und Sie ärgern sich nie; auch wenn sie nach dem geschlagenen Ball zu nah am selben stehen. Weil sie auf die manisch-kerligen Wettspielereien verzichten können? Oder weil sie nie Eisen spielen so wie die Senioren der Gattung ReP's? Weil ihr Spiel so sicher ist? So sicher wie das Amen in der Kirche? Kein Bunker, kein Aus, kein Rough. Sie kennen keine Hindernisse. Die Damen halten sich an die goldene Regel:

> *"Schlage den Ball so, dass Du ihn nicht suchen musst"*

Das ist in Männeraugen alles nicht sportlich und nicht gerecht. Aber eines kommt hinzu: Die Golfladies lassen den Herren gern den Vortritt beim Abschlag. Was genau genommen nur heißt: ihre Runden sind im Durchschnitt ein paar Kilometer kürzer und sie spielen trotzdem einen guten Score. Sie behaupten, ihre Schläge seien zwar kürzer, aber präziser. Männer nennen das Nähmaschinengolf.

Ist nicht immer schön anzuschauen aber zuweilen ziemlich effektiv. Nach dem Motto *"No pictures on the scorecard"* zählt nur das Ergebnis und nicht die Tat.

Aber wer oder was sind nun diese Damen. Es fällt schwer sie in Arten oder Unterarten einzuteilen. Als Grundlage könnten zunächst die allgemeinen Einteilungen, nach denen man geneigt ist die Damenwelt einzuteilen, zur Anwendung gelangen. Da finden wir Hausfrauen, Mütter, Karrierefrauen, Akademikerinnen und Wissenschaftlerinnen. Stille und Heitere, Wildfänge, nette Mädels von nebenan, aber auch die, denen Männer dann im Wunschflight lieber aus dem Wege gehen: Prinzessinnen, Quasselstrippen, kleine Hexen, süße Mäuse, Barbies, Super-Women. Für den einfach strukturierten Mann bietet sich jedoch eine einfachere Unterteilung der Damenarten an. Bei der Unterart der Fashionistas handelt es sich um sehr modebewusste Frauen. Sie legen allergrößten Wert auf high end designte Ausstattung von Kopf bis Fuß und fühlen sich nur wohl im durchdesignten Gesamtauftritt mit farblich auf die neueste Kleidersammlung abgestimmten Golfbags, Caddies, Bällen und Tees. Heutzutage gerne in Pink. Die ganz extremen passen sogar regelmäßig ihr Fahrzeug zumindest farblich an ihren Kleidertrend an. Was ein solcher Auftritt aber nicht automatisch bedeutet, dass diese Damen dann so schön spielen wie sie aussehen. Um hier eines gleich zu ergänzen: Auch in der Männerwelt existieren Fashionistas. Und für die trifft das eben Gesagte ebenso zu. Das ist der Grund, warum man hier und da besonders bunte Flights auf den Weiten der grünen Wiesen beobachten kann.

Die zweite Art nach dieser groben Klassifizierung sind die Sportivas. Sie bringen den Durchschnittsmann mit ihrem flotten Spiel, mit langen und präzisen Abschlägen, Fairwayschlägen und todsicheren Putts zum Wahnsinn oder je nach Einstellung zum Geschlechterkampf zur Höchstleistung.

Jede weitere Einteilung, die über diese grobe Ordnung oder das Handicap hinausgeht, fällt mangels Masse schwer. Gibt es da aus diesem Grunde deshalb schon Damen, die schon vor der ersten Menses zu Golfladies werden und nicht erst im Sinne des Erwachsenwerdens dem Gesetze nach mit dem achtzehnten Lebensjahr. Sondern manchmal schon mit elfeinhalb Jahren. Sie können zwar kaum richtig laufen oder lesen, haben noch nicht einmal einen Moped-Führerschein und sind auch lange noch nicht wahlberechtigt. Sie sind auch physisch noch nicht in der Lage den Caddy zu ziehen geschweige denn die Tasche zu tragen auch nicht über den Damenabschlag hörbar hinaus „Fore" rufen, aber Hauptsache sie können einen Driver halten, die Füßchen sind groß genug für den kleinsten angebotenen Golfschuh und die Helikoptermama schiebt das Bag. So werden aus Mädchen Damen.

Diese Mädchendamen bleiben dann, sofern sie dem Männersport treu bleiben und nicht dem Manne treu werden Golfladies bis ins Seniorenheim. Denn mit einer schön dahin gehauchten 111 ist Madame auch im fortgeschrittenen Alter von achtundachtzig Jahren immer noch stark genug für die Damenmannschaft im Country-Club. Manch erprobte Golflady steht sogar noch ihren Mann in vom Sensenmann stark ausgedünnten ReP's-Team. Ala Bonheur. Dann sind bei ausgeglichenen Testosteron und Östrogenspiegeln endlich alle eins. Das ist der Stoff, aus dem Seniorenträume wirklich sind. Echte Golfer halten es aber lieber mit Max Morlock.

"Wir empfehlen Schwimmen, Leichtathletik, Turnen oder Skilaufen. Das sind eher frauliche Betätigungen."

Nichts für ungut, liebe Damen.

Freizeitgolfer. Spaziergänger. Hundeführer.

Es bringt doch nichts einen miesen Schwung einzuüben[24]

Die Beschreibung dieser Klasse von Golfern ist ebenso einfach wie bescheiden. Und erfolgt mit einem gewissen Neid. Golfer dieser Kategorie können Damen sein oder Herren. Senioren, Mid-Amateure, Kinder oder Studenten. Sie führen, wenn der Betrachter ein ambitionierter Golfer ist, ein einfaches Golferleben. Golfer dieser Kategorie ziehen andere Hobbies dem Golfen vor. Sie kennen andere Lebensinhalte. Die übereinstimmenden Merkmale dieser Gruppe sind: sie nehmen weder das Leben noch das Spiel um Leben und Tod wirklich ernst. Sie halten sich oft an indianische, chinesische oder buddhistische Weisheiten wie diese:

Der Zimmermann bearbeitet das Holz.
Der Schütze krümmt den Bogen.
Der Golfer übt den Schwung.
Der Weise formt sich selbst.

---

[24] Fred Couples, PGA Golfer

Deshalb üben sie nie, zählen ihre Schläge nur solange es Spaß macht, geben ihrem eigenen Bewegungsdrang und dem des Begleit-Hundes nur solange nach bis der Appetit wieder kommt oder solange die Sonne vom Himmel lacht. Es stört sie auch nicht, dass sie mangels echter Platzreife nicht an gemeinsamen Turnieren teilhaben können oder wenn sie andere Golfer behindern mit bedächtigem Spiel. Um in der Sprache der Golfer zu bleiben und es frei nach Jack Nicklaus zu sagen:

> *„Sie haben es satt, immer ihr Bestes zu geben, um dann festzustellen, dass es nicht genug war"*.

Wir haben sie trotzdem gern, diese Individualisten.

Nachwuchs. Generation Golf.

Das Juwel des Himmels ist die Sonne, das Juwel des Golfclubs ist der Nachwuchs[25]

Bevor wir zu den wahren Größen, den Professionals, kommen will ich auch ein paar Worte zu unserem Nachwuchs verlieren. Dabei werde ich mit der Festlegung der Altersgrenzen für diese verschiedenen Untergruppen ein bisschen schwammig bleiben. Denn wie die Natur das so vorgibt hört das Nachwachsen bekanntlich nie auf. Der verwandelte Spruch des beliebten Weihnachtsgeschichtenerzählers Charles Dickens lautet für die Golferfamilie:

> *„Jedes neue Mitglied, das das Grün erblickt ist schöner und wertvoller als das vorhergehende".*

Es wundert uns in der Zeit des wenig intelligenten Wettbewerbs unter den Golfclubs und den vielfältigen Substitutionsangeboten nicht, dass bereits das selten gewordene, neugeborene Einzelkind eines golfenden Paares noch vor seiner Geburt als Mitglied im Club der Eltern angemeldet

---

[25] Ulf Bogy

wird, was in diesem Moment zwar weder einen sportlichen noch einen geselligen Aspekt bedient, aber die Statistik der um Wachstum bemühten Clubs spürbar positiv befördert. Die zahlreichen dann zur Geburt ausgehändigten Glückwunsch-Gutscheine für den Golf Shop, den Schnupperkurs und die Golfgastronomie spülen nicht nur unmittelbar Umsatz in die Kassen der vom Golf zehrenden Professionen. Es ist zugleich ein beschwörender Ausdruck der Hoffnung auf bessere Zeiten und den Erhalt der tief verwurzelten Golffamilie in ferner Zukunft. Nach etwa zwölf Jahren werden wir einige der süßen Kleinen der Generation Z dann bereits in der Damen- oder Herrenmannschaft gewaltige Abschläge produzieren sehen und andere, nämlich die Mehrheit, entweder gar nicht mehr oder zuweilen etwas übergewichtig mit wichtiger Miene und ganz hübsch nach Art der Fashionistas gewandet über den Platz stolzieren sehen. Sie sind dann zwar noch nicht wie heutzutage prognostiziert mit einem selbstfahrenden Auto auf dem Clubparkplatz gelandet sehr wohl aber mit modernster, selbstfahrender Logistikausstattung zum Transport des umfangreichen Golfgepäcks gesegnet. Damit der Generation Z[26] rechtzeitig die erwartete Sicherheit und Stabilität und eine gute Portion Spaß vermittelt wird, hat der Deutsche Golfverband die Greenkeeper bereits seit Kurzem angewiesen in die

---

[26] Generation Zukunft, geboren zwischen 1995 und 2010

Fairways der Meisterschaftsplätze etwa auf der Hälfte der üblichen Lochlänge zusätzliche Abschlagsmarkierungen für unseren hoffnungsvollen Ryder-Cup- und Major-Nachwuchs zu versenken. Seitdem muss ich an dieser Stelle nach meinen Abschlägen regelmäßig einen Freedrop in Anspruch nehmen.

Wie dem auch sei: Bei dieser Zielgruppe handelt es sich in der Tat um das wichtigste Reservoir für den Erhalt der gesamten Golfgesellschaft. Wir wollen es hegen und pflegen.

Eine weitere wichtige Gruppe, die zumindest für statistische Zwecke und zur übermäßigen Frequentierung des Platzes Sorge trägt, sind im Dunstkreis von Universitätsstädten natürlicherweise die immer zahlreicher vorhandenen Studenten. Diese Gruppe fügt sich nahezu nahtlos und irgendwie ganz selbstverständlich in die natürlich Nahrungskette der Golfclubs an. Studenten fühlen sich zwar schon ziemlich erwachsen, gehen ihrem Vergnügen dennoch stets zu alimentierten Beiträgen und Gebühren nach. Immerhin hat das für die Golfstätten den Vorteil, dass Studenten und besonders die Studentinnen, zeitlich und räumlich gut über den Platz verteilt, den Eindruck vermitteln, dass Golf doch nicht nur ein Spaziergang mit Behinderung für gealterte Menschen ist.

Das wäre alles nicht der Rede wert, wenn nicht das einzig Bemerkenswerte an den Studenten unserer Zeit nur der Umstand wäre, dass sie nicht mehr Studenten und Studentinnen genannt werden, aber zeit- und gendergerecht Studierende, sondern dass sie regelmäßig eine besondere Anspruchshaltung mitbringen. Denn zumeist gehören sie noch der sogenannten Generation Y an. Diese Generation Y, geboren zwischen 1980 und 1999, die behütet und saturiert aufwuchs, ist augenscheinlich die erste nachwachsende Generation, die ihre Bedürfnisse klar und laut artikuliert. Und, falls diese nicht bedient werden, direkt mit Konsequenzen belegt. Das ist auf einer Golfanlage faktisch zum Beispiel die Weigerung einmal im Jahr - so wie andere vollzahlende Mitglieder auch - entgeltlose, gemeinnützige Aufgaben anlässlich des durch den Golfmanager anberaumten „Aufräumtages" zu übernehmen. Studierender verlangt für seinen Einsatz nämlich mindestens die Erstattung des gesetzlichen Mindestlohns.

Entsprechend der Forderung nach kostenlosem Studium findet es eine Anzahl der Golfschläger schwingenden Zettis, die zwar eigentlich außer zu atmen, zu konsumieren und sich gegenseitig lieb zu haben noch nichts Zählbares zum Bruttosozialprodukt beigetragen haben auch en Vogue gebührenfreies Spiel einzufordern. So mancher genehmigt sich dann auch nach dem seltenen aber anstrengen Besuch der Bibliothek am Abend kurz vor Sonnenuntergang noch ein schnelles freies Spiel auf 9 oder 10 Bahnen und ist vollkommen überrascht, wenn ein Marshall auftaucht und ein Ticket ausstellt. Folgerichtig ist die Reaktion so manch eines ertappten Schwarzspielers dann aber nicht die Schuld zu begleichen sondern sich vielmehr über den Zustand des Platzes im allgemeinen und die Qualität der Grüns im speziellen zu ereifern.

Vor einigen Wochen habe ich mit einem Unternehmensberater gesprochen, ein Experte der Wertschöpfungsanalyse, der mir erklärte, dass golfspielende, mit Sonderkonditionen alimentierte Studierende weder wirtschaftlich noch gesellschaftlich und nur in seltenen Fällen sportlich einen nachhaltig positiven Einfluss auf die Entwicklung der Golfgesellschaft haben. Er hat geraten zunächst einmal abzuwarten, wie viele der heute drivenden Universitätsbesucher nach dem Ende des Studiums und nach dem Verzehr des zu erwartenden Erbes noch in der Lage sein werden, den „hohen" Beitrag an den Club zu entrichten.

Kommen wir nun zum dritten Kind. Das ist der Golfeinsteiger. Zahlreiche Schnupperkurse werden angeboten. Inzwischen an vielen Orten kostenlos. Der Versuch sie zu begeistern scheitert derweil schon am Vorurteil, siehe weiter oben oder daran, dass das Erlernen des Schwungs, des Chips oder Puts ziemlich gewöhnungsbedürftig ist. Dennoch bleiben ein paar neue Golfer nach liebevollen Umarmungsversuchen dann schon mal hängen und werden echte Bereicherungen. Ich bin aufgefordert worden, mich um diese Neuen mehr zu kümmern, damit sie nicht bei der Vereinigung Clubfreier Golfer [27], einer Art Superaldi des Golfsports, anheuern.

---

[27] eine gut funktionierende Kannibalisierungsidee der Golfverbandsstrategen

Professionals. Die Könner.

„Amateurs built the ark. Professionals *built the Titanic"*[28]

Es ist der Ritterschlag im Reich der Golfer: ein Professional zu sein. Ein Berufsgolfer. Ein Pro, ein Mensch der allein vom Golfspiel leben kann. Oder die Ausbildung hierzu beruflich betreibt und davon auch leben kann.

Auch ein dummer Amateur, der auch nur ein einziges Mal Geld oder einen zu wertigen Preis annimmt, verliert im Regelfall leider sofort seinen Amateurstatus. Denn im Golfsport wird nach wie vor eine strenge Abgrenzung zwischen Berufsspielern und Amateuren betrieben. Ein Amateurgolfer, der auch nur ein einziges Mal Preisgeld annimmt, verliert im Regelfall sofort seinen Amateurstatus und darf in der Folge nicht mehr an Amateurturnieren teilnehmen. Dumm ist dann allerdings, dass er seinen Lebensunterhalt dann jedoch als Profi noch nicht sicher vom Spielen bestreiten kann.

Berufsgolfer setzen sich aus zwei Hauptgruppen zusammen, die sich gelegentlich überschneiden können.

---

[28] unbekannt

Die Turnierspieler, auch Playing Pros oder Tour Professionals genannt, sind all jene die ihren Lebensunterhalt ausschließlich durch Einnahmen aus dem Turnierbetrieb (Preisgelder, Antrittsprämien bei Schauveranstaltungen) und eventuell durch Werbeverträge bestreiten. Es sind nicht viele, die vom Golfspiel wirklich reich werden. Typen wie Spieth, Mickelson, Woods setzten in ihrem Golferleben schon so um die 50 Mio. US$ um. Die aktuelle Geldranglistennummer 49, ein gewisser Mr. Pádraig Harrington kommt schon nur noch auf schlappe 5 Mio. US$. Dafür muss aber auch er am laufenden Band Birdies spielen. Ich freue mich über eines davon im Jahr. Deshalb habe ich das mit der Geldrangliste mal durch den umkehrten Logarithmus geschickt ...

Man kann die zählen, die mehr verdienen als der gewerkschaftlich beschützte Facharbeiter bei Volkswagen.

Das mit dem Dasein als Playing Pro ist demgemäß eine ziemlich schwierige Sache, wenn man nicht Millionärssohn ist. Deshalb strebt so mancher lieber eine Karriere als Golflehrer an. Die Golflehrer, auch Club Professionals, Teaching Pros, Golf Instructors und Golf Coaches genannt, machen gut 95 % des Berufsstandes aus. Jeder Golfclub beschäftigt für seine Mitglieder zumindest einen Golflehrer. Ich kenne einige davon besser. Meistens sind das nette Kerle mit ganz vielen Vorzügen. Man kann Spaß mit ihnen haben. Man kann auch ganz ernst sein mit ihnen. Meister der individuellen ganzheitlichen Betreuung. Manchmal besser als ein bestimmter Arzt. Kümmern sich einfach um alles, nicht nur um deinen Schwung. Der ist eh verloren. Sie bringen dir das Nötigste bei, sie machen dich bekannt mit dem und den Unbekannten, reparieren deinen Schrott, sie verreisen mit dir bis an andere Ende der Welt und halten dir das Händchen. Sie trösten dich über alles hinweg und geben dir immer Recht. Deswegen muss man schon mal Nachsicht üben wenn es manchmal mit ihnen durchgeht:

„Wenn Sie wirklich besser werden wollen im Golf, dann gehen sie noch mal zurück und fangen jünger an!" (Henry Beard)

Irgendwie sind sie also so etwas wie bessere Sozialarbeiter. Größere Clubs verfügen über mehrere, wobei es dann einen als *Head Pro* bezeichneten Golflehrer und eine Anzahl von Assistenten, die Assistant Pros, gibt. Da gibt es manchmal Streit und das ist sehr schade.

Wir können froh sein, dass es sie gibt.

Und schon werden mich die Damen der grünen Fraktion fragen, ob es denn auch weibliche Professionals gibt. Tatsächlich. Es gibt nicht nur männliche Pros. Aber Vorsicht. Hier könnte es zu Verwechslungen oder Wortspielen kommen. Dem muss und will ich hier vorbeugen. Es gibt natürlich auch professionelle Damen unter den Golfern. Wobei hier sogleich richtig zu stellen ist, dass diese professionellen Damen nicht mit den gewissen Damen aus dem Rotlichtmilieu zu verwechseln sind, wie manche meiner Freunde aus der Mid-Amateurrunde jetzt hoffen dürften. Deshalb heißen die weiblichen Professionellen ja auch nicht Professionelle sondern Proetten. Sowie Masseurinnen nicht Masseusen heißen. Proetten sind nicht nur aufgrund dieser sprachlichen Verwirrung vergleichsweise eher selten anzutreffen. Die Frage ist, ob das so bleibt, wenn wir irgendwann weltweit rot-rot-grün regiert werden. Einerseits besteht dann entweder die Gefahr den Begriff und damit gleich den Beruf der Proette wegen der Verwandtschaft zum Wort Professionelle zu verbieten oder es besteht andererseits die Chance demnächst eine Proetten-Quote einzuführen. Letzteres würde sicherlich eine Bereicherung der golfspielenden minderbegabten Middleager darstellen, die sich dann ganz sicher lieber von hinten von einer Dame während des Schwung-Trainings umarmen lassen würden als von irgendeinem einem Kerl. Von dem man noch nicht mal weiss, wie er geerdet ist. Vielleicht wird das Golfspielen unter rot-rot-grün deshalb aber auch verboten, weil eine echte Gleichstellung zwischen Männern und Frauen nicht möglich ist. Man denke nur an die unterschiedlichen Abschläge und Längen der Bahnen.

Hinzu kommt, dass die erste Frau, Stacy Lewis, mit bemerkenswerten Einnahmen von 6 Mio. US$, in der oben zitierten Geldrangliste[29] zwar immerhin weit oben, aber dennoch erst an Nummer 42 geführt wird.

Liebe Ministerin für Familie, Frauen und Gleichmacherei: wie war das mit der Gleichstellung, dem Arten- und dem Naturschutz? Ich bitte unbedingt darum tätig zu werden.

Wie dem auch sei. Selbst heutzutage ist der Golfpro oder die seltene Proette auch bei inflationärer Zunahme von Golfanlagen und Golfern in jedem Fall immer noch eine Person von besonderem Rang. In der Statistik der Berufsbilder in Deutschland nimmt das Berufsbild Golfpro(ette) einen mikroskopisch kleinen Anteil von unter 0,1‰ und damit überhaupt keine bedeutende Stellung ein. Von der Öffentlichkeit fast unbeachtet behalten diese Typen aber ihren besonderem Reiz, ihre Ruhe und immer eine sehr individuelle Aura. Das verdanken sie auch ihren spielenden Kollegen wie Bernhard Langer, Martin Kaymer, Alexander Cejka und diesen viel häufiger auftretenden und siegenden amerikanischen,

---

[29] Quelle: http://www.golf.de/publish/bilder/detail/5936

englischen, südafrikanischen und schwedischen Kollegen.

In jedem Fall stehen Golfprofessionals also mindestens sieben bis acht Stockwerke über einem Golfeinsteiger. Sie sind also schlicht wahre Lichtgestalten. Zumindest bei der ersten Probestunde fühlte es sich so für mich an. Bei der Schwungumstellung nach 20 Jahren fragte ich mich, ob es auch noch eine individuelle englische Behandlung gibt und nicht nur den Schulschwung des deutschen Golfverbandes.

Mitunter werden auch im Golfbereich tätige Manager, Betreiber von Golfshops, Golfplatzarchitekten, Clubmaker, Journalisten, Schiedsrichter oder Veranstalter von Golfturnieren zu den Berufsgolfern gezählt, sofern sie diese Tätigkeit hauptberuflich ausüben. In einigen Ländern beinhaltet die Ausbildung zum „Golf Professional" eine Spezialisierung auf eine dieser Fachrichtungen.

Was nicht heißen muss, dass die Herren ihre Jobs besser machen als irgendwelche Fußballprofis, Politiker, Konzernlenker oder Metzgermeister.

Am Ende dieses Kapitels bleibt muss ich noch dem Missverständnis vorbeugen, ich hätte vielleicht etwas gegen Pros. Nein ich finde Pros sind Menschen wie wir alle auf den Golfplätzen dieser Welt. Alle Typen, Charaktere und Schicksale sind darunter zu finden.

Echte Sportler, verkrachte Existenzen. Exzentriker. Sozialarbeiter. Naturliebhaber. Grüne. Rote. Schwarze. Kommunisten. Kapitalisten. Alkoholiker. Drogenabhängige. Esoteriker. Psychopathen.

Und wir mögen die Witze über sie. Zum Beispiel diesen:

> *"Warum sagt jeder Pro: "Lass den Kopf unten?" "??????"-"Du sollst nicht sehen, wie er lacht."*

Aber egal wie. Sie treffen die Kugel. Und sie sind alle Diplomaten. Allein dafür beneiden und mögen wir sie.

Captains. Gut, dass es sie gibt.

„Jeder kann ein Schiff steuern bei ruhiger See"
[30]

Manche Menschen fragen sich ja, warum Mannschaftsaufstellungen so spannend und zuweilen so schwierig sind. Öffentlich sichtbar wird dies aber zumeist leider nur im Zusammenhang mit so bedeutenden Ereignissen wie Fußballwelt- oder Europameisterschaften. Manchmal noch bei Handballweltcups oder, um die Überleitung auf den Golfsport zu schaffen, beim Ryder Cup. Das wird medial, soziomedial und sonst wie rauf und runter diskutiert. Am Ende spielt man dann unentschieden und die Gründe für die verlorenen Punkte werden dann wieder bei der Mannschaftsaufstellung gesucht.

Der Golfcaptain ist eine wichtige Autoritätsperson. Von ihm werden zahlreiche Management- und Führungsfähigkeiten sowie edle Charakterzüge erwartet...

Auch in den Niederungen der regionalen Klassen. Was sich aber dort, auch bei der immer noch als elitär anmutenden Golferei abspielt, zeigt uns wie schwierig es allein mit dem Aufstellen einer Mannschaft ist, die

---

[30] Sprichwort

pünktlich, vollständig und voll motiviert mit den besten Leistungsträgern am Tag des Geschehens am Start sein soll, um den Aufstieg von der 6. in die 5. Bezirksliga zu schaffen. Früher nannte man so etwas ja wenigstens noch Kreisklassen. Aber in Zeiten des Überflusses und der aus der Politik auf die Gesellschaft übertragenen Neigung alles besser und glamouröser aussehen zu lassen als es ist, hat man die Kreisklassen abgeschafft.

Die Schwierigkeiten einer Mannschaftaufstellung beim Golf beginnen damit, dass solche Spiele irgendwie Ernst werden. Nach wie vor werden Verbandswettspiele im Modus des sogenannten Zählspiels ausgetragen. Das heißt - für die zufällig anwesenden Leser, die noch nicht oder noch nicht intensiv mit dem Golfspiel in Berührung gekommen sind - folgendes: Jeder Schlag zählt. Solange bis der süße, kleine Ball mit dem bezaubernden Namen wie etwa „Title-ist" ins bestimmte Loch der bestimmten Bahn fällt. Ausnahmsweise müssen sogar die Strafschläge bei diesen Ligaspielen mitgezählt werden. Für Bälle ins Aus. Für Bälle, die nicht gefunden werden. Für Bälle die ins Wasser fallen. Für Bälle, die man eigentlich gar nicht spielen mag, für Bälle, die dem Spieler nicht gehören, die in der Luft ihren Namen gewechselt haben und so weiter. Normalerweise spielt man den Ball wie er liegt, Regelkenntnisse sind von Vorteil, sonst könnte es Ärger mit dem Flightpartner geben, der dich zählen soll. Und dieser Ärger legt sich bekanntlich zwischen die Ohren. Vor allem sollten auch keine Bälle aus der Reservetasche der linken Hosenhälfte an einen genehmen Ort auf dem Platz fallen gelassen werden. Daher hört die spaßige Stableford-Jagd nach dem Handicap schon in der untersten der unteren Ligen auf und der Single-Handicapper findet sich ggf. unter „ferner liefen". Denn dabei steigt zum einen überproportional die Gefahr, dass das Handicap um gigantische 0,1 Punkte nach oben zunimmt. Was bedeuten würde, dass mein Freund Gunter schon nach hundert grandios verzockten Runden von Handicap 12 auf Handicap 22 heruntergefallen wäre. Dauert geschätzt 7 Jahre. Zum anderen, und das ist viel, viel gemeiner, öffnet sich zuweilen ein Diskussionsforum mit der Frage: „Wo hat den der/die seine/ihre Platzreife gemacht?". Diesem möglichen sozialen Abstieg will sich so mancher Golffreund einfach nicht aussetzen. Damit fallen einige nach der Aktenlage interessante KandidatInnen für ein Mannschaftswettspiel schon einmal aus.

Nachdem nun der Papierform nach sehr interessante KandidatInnen so leider nicht mehr verfügbar sind, begibt sich der jeweilige Captain auf die Suche nach denen, die geeignet scheinen, willig sind und über das notwendige Zeitbudget verfügen. Dies ist die nächste Hürde. Abhängig Beschäftigte mit Golf-Talent und ehrlichen Handicaps sind in der Regel auch ehrliche Mitarbeiter in Firmen oder bei anderen

Organisationen und bekommen am Mittwoch- oder Freitag-Nachmittag nicht früh genug die Kurve. Captains Potenzial schwindet. Finanzielle Lockmittel stehen ihm oder ihr nicht zur Verfügung. Aber irgendwie bekommt man die geforderten sechs bis acht Spieler doch noch zusammen. Aber dann ergibt sich die spannende Frage danach, wer spielt wann? Es geht um Minuten. Entscheidend ist für mich: starte ich um 14.00 h oder 14.10h? Oder vielleicht erst um 15.00h. Welche wichtige Zeitspanne angesichts der Weltenuhr. Der Golfer überschätzt die Zeit genauso wie seine Längen... ;-)

Und dann: Wer spielt gegen wen? Wer ist in meinem Flight? Es gibt ja Menschen, die man kennt und die man gerne meidet. Auch auf dem paradiesischen grünen Platz. Damit keine Fouls passieren.

Dann ist endlich alles klar, die Mannschaft gemeldet und im Prinzip kann es dann am nächsten Tag auch losgehen. Abseits von Krankheitsfällen ist die Planung aber noch durch andere Unwägbarkeiten gefährdet. Da gibt es die geselligen, feierlaunigen Damen oder Herren, die am Vorabend zu lange und zu tief ins Glas geschaut haben und am Morgen des wichtigsten Mannschaftstages den Wecker nicht hören und anschließend des Gegners Platz nicht finden. Dann gibt es die anderen, die vergessen haben, dass sie dem Schatz (männlich/weiblich) schon vor Wochen versprochen haben, endlich mal ein

Shoppingwochenende in New York zu verbringen. Die Tickets kann man ja nicht verfallen lassen.

So ist ein Streicher schon perfekt. Dazu gesellen sich dann weitere unmögliche Zufälle wie in dieser Anekdote aus unserer Mid-Amateurinnen-Mannschaft:

„Unsere Freundin Yelyzaveta (Handicap 8,8), geboren in Wladiwostok und seit 40 Jahren deutsche Staatsbürgerin mit dem für friesische Ohren unmöglichen, schwer auszusprechenden Nachnamen Kolwaljowa muss sich seit Jahren bei ihren Behördengängen und am Telekom-Telefon dafür rechtfertigen, dass sie keinen richtigen deutschen Namen trägt. Dazu kommt, dass die deutsche Bedeutung ihres Namens „Die Schmiedin" ist und so gar nicht weiblich anmutet und auch nicht auf einen schönen Schwung schließen lässt. Obwohl Yelyzaveta sehr hübsch ist und die weiße Kugel immer zumindest mit einer gepflegten 85 am Clubhaus abgibt.

Sie lässt also ihren Namen ändern. Üblicher deutscher Verwaltungs-Spießrutenlauf. Die Namensänderung erfolgt genau am Tag vor dem spannenden Ligaspiel um den Aufstieg. Mit dem alten Namen war sie gemeldet. Die Startzeiten kommen. Kolwaljowa um 11.10h. Yelyzaveta, die seit Mitternacht Elisabeth Schmidt heißt, kommt pünktlich zum Start. Mit ihrem neuen Personalausweis. Ganz stolz. Und? Wird. Disqualifiziert. Ersatzspieler sind nämlich rechtzeitig vor Turnierbeginn mit anzumelden. Meint Holzfäller, der turnierleitende Manager.

Entsetzen? Ja schon.. Das Szenario sorgt nämlich wenige Minuten vor dem Spiel nun für besonders hohen Puls bei der betroffenen Mannschafts-Capitöse, die gerade beim Einschlagen, also beim Warmlaufen, ist. Mangels aufgestellter Ersatzspieler bekommt sie noch mal eine Schnappatmung stürzt sich dann aber mit dem Rest der Rumpftruppe ins Turnier. Alles nimmt sie aber so sehr mit, dass sie beim Putten vollkommen die Nerven verliert und quasi den dritten Streicher mit einer unsäglichen dreistelligen Runde liefert.

Alles in allem - man ahnt es schon - kommt es bei einer Mannschaftsaufstellung für eine Golfmannschaft, die nach wie vor aus einer mehr oder weniger festgelegten Anzahl von sehr individuellen Spielern oder Spielerinnen besteht nicht so sehr auf Regelfestigkeit oder einen schönen Schwung an, sondern eher auf hohe mentale Belastbarkeit und viel Organisationsgeschick. Zumal vom ihm/ihr in der Regel auch noch die Ausrichtung von Festen aller Art bei verlorenen als auch bei gewonnen Matches erwartet wird.

Die Moral von der Geschicht: Golf Captain´s Leben ist so leicht nicht.

Charaktere. Die Vielfalt der Schöpfung.

„Alles was uns imponieren soll muss Charakter haben." [31]

Diese wundervolle Aussage vom alten Goethe trifft nicht nur auf dein eigenes Golfspiel, auf deinen ganz persönlichen Schwung zu sondern auch auf das gesamte gesellschaftliche soziale Zusammenleben in deinem Club im engeren und weiteren Umfeld. Allein welche Individualitäten du im kleinen Kosmos des Golfgeländes beobachten darfst ersetzt die Deutschlandreise. Mit Ausnahme ganz weniger Clubs – wie zum Beispiel den GC Kampoyten und den GC Hengbach[32] – findest Du zunächst alle Nationalitäten und sprachlichen Dialekte in einem Golfclub vor. So kommt es, dass man sich fern der alten Heimat plötzlich über die alte Heimat unterhalten, zuweilen sogar alte Schulfreunde wieder finden kann.

Zudem sind Studien zu betreiben, die in dieser Vielfalt und über die lange ungestörte Dauer einer vierstündigen Golfrunde sonst nirgendwo im Leben außer unter wissenschaftlichen Bedingungen möglich werden. Wenn Du es selber also nicht zu eilig hast mit deinem Spiel zwischen Feierabend und der nächsten

---

[31] Johann Wolfgang von Goethe

[32] GC Hengbach siehe auch Ulf Bogy - Ein Denkmal für Otto Scholl

Cocktailparty oder deinem zweiten und dritten Hobby, dann hast du nicht nur Gelegenheit dein eigenes Spiel und die schöne Natur, manchmal unvergleichliche Ausblicke und Momente zu genießen sondern auch die Chance Charakterstudien zu betreiben. Sei es entweder unmittelbar in deinem Flight oder auch als Nachfolger vor dir dahinziehender Sportsfreunde.

Du siehst die Glücklichen, die abgesehen von Misserfolg an alles fest glauben, deren Schläge in den Wald wieder und wieder ohne Strafe bleiben, weil dort ein kleines Äffchen sitzt, dass den Ball mit schöner Regelmäßigkeit mitten auf das Fairway zurückwirft; denen jeder Putt aus jeder Lage und aus unmöglicher Entfernung gelingt. Das sind die unter deinen Golf-Freunden, die schon an jedem Morgen des Jahres mit dem richtigen Fuß aufstehen weil sie immer positiv denken, damit ihr Körper nur das machen kann, was ihr geistiges Auge schon im Traum gesehen hat.[33] Das sind die, deren Putt mit der letzten Umdrehung immer ins Loch fällt während die perfekte letzte Umdrehung des Balls des Pechvogels immer fünf Millimeter vor dem Loch von einem achtlos liegengelassenen Grashalm verhindert wird. Du begegnest auch den Toleranten, die mit einer schier unglaublichen Langmut nicht nur den Widrigkeiten

---

[33] In Anlehnung an Chi Chi Rodriguez

der Witterung und des schlechten eigenen Spiels standhalten sondern auch den unmöglichsten Mitspielern, die nach dem Motto „Am liebste vergesse ich meine schlechten Schläge sehr schnell" oder „Ich zähle meine Schläge und auch meine Strafschläge lieber selbst" auf den Scorekarten notieren, was sie sich so vorstellen. Das sind gleichzeitig die, die auch auf Anhieb jeden schlechten Abschlag etwa dreihundert Meter hinter dem Tee in spielbarer Lage finden. Diese Abart von Sportler nimmt zahlenmäßig tendenziell zu, je besser die Ausstattung des Turniers mit Preisen dotiert wird. Von schlechten Manieren so mancher Mitspieler einmal ganz abgesehen. Du siehst die Individualisten, denen es vollkommen egal ist wie du über ihre Art den Ball vor sich her zu treiben, ihr unmodisches Schuhwerk oder die alte Cordhose denkst. Dann findest du Paare, die sich durch nichts von ihrer Zweisamkeit ablenken lassen, die manches Mal in ihren ganz intimen Zweier-Flight dem unterhaltsamen Dreier oder Vierer aus dem Wege gehen und sich lieber überholen lassen. Weil sie sich selbst genug sind. Es gibt die ganz Eiligen, die für jede Platzrunde unabhängig von der Schlagzahl für die weniger als drei Stunden benötigen. Deren Bälle ins tiefe Rough sind gute Gaben für die Sparsamen im nachfolgenden Flight. Das sind die, die auch mit sehr preiswerten, zuweilen gefundenen Bällen mit guten Ergebnissen ins Clubhaus zurückkehren. Deren Überzeugung es ist, dass nicht alles Gold ist was glänzt. Ich rede hier aber nicht von denen, die so sparsam sind, dass sie jahrelang auf Kosten der anderen preiswerte Fernmitgliedschaften versuchen zu verbinden mit den Annehmlichkeiten eines schönen Clubs und netter Gemeinschaft vor der Haustür und diesen als Heimatclub betrachten. Du siehst die Sponsoren und Mäzene, denen es 90 % unserer Mitspieler verdanken, dass sie hier überhaupt spielen können. Und du siehst die, die nicht aufhören können, sich zu duellieren. Herren aller Klassen, die sich gegenseitig messen und damit immer wieder zur Leistung auffordern. Bis hin zu den Zockern, denen man gönnen muss einmal die Geschichte ihres Lebens zu erzählen. Die perfekte Zocker-Runde zu spielen. Die Geschichte unter der Überschrift „Wir spielen um einen Euro und einer von uns verkauft sein Haus". geht so: Lochspiel. Grundeinsatz ein einziger, bescheidener Euro. Der, der zurückliegt hat einmaliges Verdopplungsrecht an jeder Bahn, bei jedem Schlag. Gehen wir einmal von einer Runde ohne geteilte Löcher aus und von regelmäßig wechselndem Lochgewinn.

Nun da Golfer ja zumindest die Grundrechenarten beherrschen können wir hier einmal den Versuch einer Funktion 2^{n-1} mit n = 1,...18, welche eine Exponentialfunktion ist, starten. Danach kämen wir mit unseren Überlegungen am Ende für einen der beiden Zocker zu einer erheblichen Chance der persönlichen Vermögensvergrößerung und für den anderen auf die Chance möglicherweise endlich einmal Sozialhilfe zu beantragen: Bildet man nämlich nach dieser Funktion die Summe sämtlicher Euros auf den 18 Bahnen des Golfplatzes, so stehen wir dann an der achtzehn vor der spannenden Frage wer gewinnt, wer verliert die unglaubliche Summe von 131.072 Euro. Bei der Runde wäre ich gerne dabei und trage auch für beide die Taschen. Aber ehrlich, so viel Charakter muss nicht sein. Zumal bei vielen Zockern der Druck um fünf Mäuse zu spielen schon ziemlich hoch ist, weil sie eigentlich nur zwei in der Tasche haben[34]. Außerdem sollte man prüfen, ob bei diesem hohen Einsatz nicht das Amateurstatut verletzt wird. Man kann natürlich auch nur um Kaffee und Kuchen spielen. Und das ist schon spannend genug.

Wie ich von vielen Gleichgesinnten weiss, sind uns allen persönlich die schweigsamen Regelkundigen und ambitionierten Genießer, die um Kaffee und Kuchen spielen die liebsten Flightpartner. Oder sportliche Frauen mit einem schönen Schwung. Im Gegensatz dazu stellen uns die Quasselstrippen immer auf eine harte Probe. Das ist nur etwas für die sehr, sehr toleranten, wenn nicht dickfälligen unter uns. Aber meine Herren die Quasselstrippen sind nicht nur unter den Damen zu finden. Schon

---

[34] Lee Trevino, sechsfacher Majorsieger, World Golf Hall of Fame

Severiano Ballesteros fragte einst einen seiner Mitspieler:

„Stört es sie, wenn ich spiele, während sie reden?"

Präsidenten und andere Funktionäre.
„Nur kein Ehrenamt"

Ja, die Zeiten ändern sich. Das müssen auch die erfahren, die heutzutage das Amt des Golfclubpräsidenten anstreben oder es überlieferungsweise seit gefühlten Jahrzehnten bekleiden.

Die einstmals beschauliche Welt des Golfclubpräsidenten, der anno dazumal gerne von seiner elitären Clubklientel gewählt wurde, weil die zu ihm aufschauen konnte, da er als begnadeter Chirurg Leben rettete, als ehemaliger Astronaut die Welt auch schon von oben gesehen hat oder ganz einfach ein superreicher Erbe war, der nichts anderes im Sinn hat als seine Clubfreunde bei Laune zu halten, ist heute verkehrt.

So wartete der geneigte Golfenthusiast vor zwei Jahrzehnten noch durchgängig auf sogenannten Wartelisten, welche von einer Clubsekretärin verwaltet wurden, um dann nach der Vorlage von mindestens zwei Referenzen und der prompten Zahlung fünf-stelliger Eintrittsgebühren in die noble Gesellschaft aufgenommen zu werden. Der Herr Präsident selbst beschied sich damit ein paar Reden zu halten und seine Grüns zu loben. Er ehrte die Mitglieder mit besonderen Handicaps und

Stiftungsanliegen, vermittelte diplomatisch kleinere Gefallen und größere Geschäfte. Einmal im Jahr ließ er auch einen Präsidentencup ausspielen. Der Golfpräsident war zu diesen Zeiten ausnahmslos ein Mensch im Zentrum des Einflusses und regelmäßig eine offensichtlich erkennbare Lichtgestalt.

Seine Helferlein wie Vize, Schatzmeister, Spiel- und Schriftführer waren Gleichgesinnte, für die es neben geraden Abschlägen zu den allerhärtesten Aufgaben zählte gegen Mitglieder und Sportsfreunde wegen unbotmäßigen, ehrenrührigen Verhaltens oder schwerer Regelverstöße - wie das Spielen mit Bällen, die in der Luft ihren Namen wechselten – Platzverbote zu diskutieren oder Ausschlussverfahren zu initieren.

Mit der Ausrufung des einstmals elitären Sports zum Volkssport durch die ehrgeizigen Bundesverbände schossen die Golfclubs und Anlagen dann in den 90er Jahren wie die Pilze aus dem Boden. Große Geschäfte lockten. So entstand Verein um Verein, Anlage um Anlage. Gleich dem Tennisboom zu Zeiten Boris Beckers und Steffi Grafs. Heute ist die Existenz vieler Clubs im ruinösen Wettbewerb nach jahrzehntelanger Spekulationsfrist bedroht, zahlreiche Haftungsrisiken drohen. Die Preisentwicklung für die Mitgliedschaft in einem Golfclub bleibt weit hinter der allgemeinen Inflationsrate zurück. Das digitale Zeitalter macht vergleichbar und transparent. Der gemeine Golfkonsument stellt höhere Ansprüche als je zuvor.

Nicht mehr alle kleinen Geheimnisse lassen sich hüten und es wird schwerer das Golfclubboot im ruhigen Fahrwasser dahinschippern zu lassen.

Wer will da heut noch Golfclub-Präsident sein? Noch dazu, um dann am Ende des Jahres noch den nötigen Finanzausgleich zu bewerkstelligen, der aus dem eigenen Miss-Management des Clubs resultiert?

Das können nur Narzissten sein oder Rechtsanwälte oder Steuerberater oder Politiker oder alles zusammen. Wenn Sie dann endlich gescheitert sind, möchten sie auch noch bedauert werden. So wie in Berlin.

Konsequenterweise müsste man Wilhelm Busch (oder war es doch Brecht?) zustimmen, der da einst textete:

„Willst Du froh und glücklich leben
laß kein Ehrenamt dir geben!
Willst du nicht zu früh ins Grab
lehne jedes Amt gleich ab!"

Golfers Glück. Natur und Siege.

„Seid im Sieg nicht überheblich." [35]

Nun habe ich inzwischen in dieser stillen, golflosen Woche im November viel aufgeschrieben. Wenn ich sie bis hierher mitgenommen haben sollte, haben sie eines festgestellt.

Golfen ist nicht einfach. Golfen regt zum Denken an. Golfen macht Sieger und Verlierer. Golfen macht Glück und Unglück. Zumindest macht es das alles möglich. Die Natur, die Menschen, das Spiel sind ein eigener Kosmos. Wer alle 35.000 Plätze dieser Welt kennt, kennt die Welt. Wetten? Das kostet dann umgerechnet zwar ein paar Millionen Euro, aber wer sagt, dass man die ganze Welt überhaupt kennen muss? Hauptsache die Welt bleibt „Grün".

Viel wichtiger sind doch deine ganz persönlichen Siege. Der erste geglückte Schlag auf der Range bei dieser vollkommen unmöglichen Bewegung. Das erste Par. Dein erstes Birdie. Der erste Netto-Sieg in der Handicap-Klasse 3. Der erste Sieg in der Handicap-Klasse 2. Der erste Sieg in der Netto-Handicap Klasse 1. Das erste Mal, dass du in der Bruttoklasse unter den ersten fünf auftauchst oder sogar aus Zufall gewinnst weil der Clubmeister nicht am Start war. (Hier fällt mir

---

[35] Platon, antiker griechischer Philosoph

ein, hatte ich vergessen, den Unterschied zwischen Brutto und Netto zu erklären. Dafür ist es jetzt eigentlich zu spät. Aber doch noch so viel: Brutto ist das wahre Spiel, aber das merken wir erst später. Nämlich dann, wenn es schon zu spät ist und die Golfkrankheit unheilbar). Aber dann gibt es noch die anderen als die Brutto-Siege. Die Kleinen. Die über dich selbst. Wenn du dich als aufrichtiger Mensch durch das Golfen nicht in einen Lügner, als Altruist nicht in einen Betrüger und als Tapferer nicht in einen Angsthasen verwandeln und dabei nicht komplett zum Idioten machen lässt.

„Denn Golf erfordert mehr mentale mehr Konzentration und mehr Entschlossenheit als jeder andere Sport." (Arnold Palmer)

Und das mit dem echten Singlehandicap bleibt eine Lebensaufgabe. Dass so Manches an deinem Schwung besser ist als früher und du einmal eine Runde mit einer 80 gespielt hast, heißt noch lange nicht, dass du ein Singlehandicapper bist. Im Gegenteil: es bleibt viel zu tun. Wir bleiben dran! Mit der neuen Strategie „9-Loch-Stableford-EDS–Runden bei bestem Wetter, gemähten Roughs und Freunden, die jeden Ball finden wird´s schon klappen.

Die Wette. Die Auflösung.

"Visionäre sollen zum Arzt gehen"[36]

Irgendwo weiter vorn war die Rede von einer Testosteron haltigen Jahreswette. Sie erinnern sich? Zwei Abendessen für acht, 72 Flaschen guter Wein. Nachdem nun das Buch im Laufe der Golfsaison nahezu abgeschlossen ist und die „Last Chance" gespielt wurde muss die Sau geschlachtet werden.

Sie erinnern sich weiter? Team Hans Optimist und Peer der Visionär wollten Singlehandicapper werden. Ihnen standen aber anscheinend zu viele Hindernisse im Weg oder das eigene Coursemanagement. Kurz um: das ging gehörig schief. Besonders für Peer, den Visionär und Präsidenten ein besonderes Desaster. Mit 13,7 am Start ging es geradeaus in die andere Richtung, nämlich in Richtung Bogeygolf. Neues Handicap nach der Saison 14,5. Wir verleihen ihm den Trostpreis „King of the Rough" und erneuern die Wette nächstes Jahr vielleicht noch einmal. Dann aber lieber mit der Frage, ob er die 18 hält. Dann hat er wenigstens eine Chance. Einziger Trost: Die 122 aus dem Vorjahr hat sich nicht wiederholt.

Unter diesem gehörigen psychologischen Druck konnte ihn auch sein Partner Hans Optimist trotz

---

[36] Helmut Schmidt, Bundeskanzler 1974-1982

eines beeindruckenden Starts in die Saison und Handicap Verbesserung auch bei Wette Nummer zwei nicht retten. Denn Team Realismus-Zweckpessimismus hatten zwar die kürzeren Abschläge, aber ihnen stand nie ein Baum im Weg.

Am Ende kann man, um mit Helmut Schmidt zu schließen, auch fürs Golfen sagen:

Visionäre sollen zum Arzt gehen. Und der Golfgott liebt die Bescheidenheit.

Im nächsten Buch werden wir erzählen wie der Wein geschmeckt hat, sofern das geschrieben wird.

Zum Schluss.

Ein paar allgemeine Informationen zum Golfsport

Weltweit verzeichnete der Golfsport in den letzten Jahren einen kontinuierlichen Aufschwung. In Deutschland schwingen ca. 640 tausend Golfer den Schläger, im Nachbarland Österreich gibt es inzwischen über 80 tausend. Weltweit sind es 60 Millionen. Die jährlichen Zuwächse an Golfspielern von bis zu 15 % bis zum Jahr 2012 hatten die Hoffnung gezeitigt, dass Golf auf dem besten Weg zum Breitensport wäre. Nach den erheblichen Einbrüchen des Interesses in den USA und den stagnierenden Zahlen in Europa bleibt das ein langer Weg.

Laut der European Golf Association ist die Zahl der Golfspieler seit mehreren Jahren sogar rückläufig. In den 44 europäischen Ländern spielten 2009 4,44 Millionen Menschen Golf, 2013 waren es noch 4,26 Millionen, ein Rückgang von 4,0 Prozent. In England sank die Zahl der Golfspieler im gleichen Zeitraum beispielsweise um 11,5 Prozent.

Weltweit gibt es 60 Millionen Golfer und 35.000 Golfplätze

Die fünf Länder mit den meisten Golfern sind USA, Kanada, Japan, Großbritannien und Australien

In den USA mit 265 Millionen Einwohnern gab es schon einmal 25 Millionen Golfer (10%)

In Kanada mit 30 Millionen Einwohnern gibt es 5 Millionen Golfer (17%)

Von 8 Millionen Schweden golfen 500.000 (7%)

Und von 8 Millionen Österreichern golfen 80.000 (1%)

In Deutschland liegt der Anteil der Golfer an der Gesamtbevölkerung bei 0,66 Prozent. Dabei ist Deutschland doch das beste Land der Welt. Zum Golfen anscheinend nicht.

Der Autor, dieses Buch.

Das sollten sie auch noch wissen

Ulf Bogy *1958, ist meistens unter anderem Namen in einem anderen Beruf tätig und nicht als Autor. Er liebt die Natur. Ist Golfer aus Leidenschaft, dem das Golfen manches Mal auch ein Leiden schafft. Kennt das Golferleben aus verschiedenen Clubs von innen, die Leiden beim Spiel aus weit mehr als fünfhundert vorgabewirksamen Runden und die Schönheit von mehr als hundert Plätzen. Der lange noch unvollendete Weg zum einstelligen Handicap fällt von Jahr zu schwerer und wird wohl unvollendet bleiben. Das gute Auge für einen guten langen Putt ist längst dem guten Auge für die Beobachtung von ganz anderen Lagen gewichen. Seine Analysen sind zuweilen schonungslos, manchmal ahnungslos. Er beschreibt die Dinge spontan wie sie sind oder wie er sie sieht. Mit seinem Faible für schwarzen Humor endet dies manches Mal in zweifelsfrei ironischen Beschreibungen. Manchmal lustig. Manchmal distanziert. Meistens nicht frei von einer hintergründigen Meinung.

Dieses Buch entstand, weil es einfach so weit war.

Und vielleicht macht es Spaß beim Lesen und Lust auf Golf.

Hinweis

Alle Beobachtungen und Anekdoten sind ziemlich frei erfunden, obwohl sie auch auf Tatsachen beruhen könnten. Dennoch muss darauf hingewiesen sein, dass Übereinstimmungen mit tatsächlichen Ereignissen, lebenden oder bereits verstorbenen Personen nicht beabsichtigt und rein zufällig sind.

Allen kreativen Ideengebern sei gedankt

Ich danke allen möglichen Rechteinhabern für ihre vorauseilende Erlaubnis zum Abdruck. Obgleich ich dafür Sorge getragen habe, keine Textpassagen von Autoren wörtlich zu übernehmen, können verschiedene Rechteinhaber nicht ermittelt worden sein. Ich bitte diese, falls notwendig, sich an den Verlag zu wenden. Aber nur, falls wirklich nötig.

© Echtwerk-Verlag, Bayreuth

www.echtwerk.de

Alle Rechte vorbehalten

Fotos: Hubert Koths

2. Auflage, November 2017

Herstellung und Verlag:
BoD - Books on Demand,Norderstedt

ISBN 978-3-7412-9575-1